novum pro

Sieglinde Niedermayr

Des Lebens bittere Würze

Eine (fast) wahre Begebenheit

novum pro

Bibliografische Information
der Deutschen Nationalbibliothek:

Die Deutsche Nationalbibliothek
verzeichnet diese Publikation in
der Deutschen Nationalbibliografie.
Detaillierte bibliografische Daten
sind im Internet über
http://www.d-nb.de abrufbar.

ISBN 978-3-99048-518-7
Lektorat: Pia Euteneuer
Umschlagfoto:
Midwestgal | Dreamstime.com
Umschlaggestaltung, Layout & Satz:
novum Verlag

Gedruckt in der Europäischen Union
auf umweltfreundlichem, chlor- und
säurefrei gebleichtem Papier.

www.novumverlag.com

Walpurga wurde im Jahr 1940, einer äußerst schwierigen Zeit, geboren. Es war lange fraglich, ob das Kind überhaupt überleben würde. Rundum hatten die Menschen nur das Notwendigste zu essen. Ihre Mutter Mathilde, vor Walpurgas Geburt Witwe geworden, kränkelte nach der Niederkunft und musste großteils liegen. Sobald sie wieder auf die Beine konnte, nahm sie ihre Tätigkeit als Gelegenheitsnäherin noch mal auf. Sie hatte jetzt nicht nur für sich, sondern auch für ihr Kind zu sorgen.

Drei Wochen später fragte ihre alleine stehende Nachbarin des Mehrparteienhauses Paula: „Was is', wann soll der klane Wurm getauft werden? Wenn's recht is', tät' i mi gern' als Patin zur Verfügung stellen!"

Ohne zu zögern nahm Mathilde dieses Angebot an.

Was für einen unmöglichen Namen die dem Kind geben", stellte Frau Mayringer, eine im Parterre des Hauses wohnende Nachbarin, entrüstet fest und verzog dabei verächtlich den Mund. Sie war eine von jenen Personen, die ständig irgendwas zu nörgeln hatten.

„Warum? Ich find' ihn gar net so übel", meinte Paula. Sie wog den Säugling auf ihrem Arm hin und her, warf Frau Mayringer einen grantigen Blick zu und beachtete sie nicht weiter. „Die dumme Kuh bild't sich auch ein, überall ihre Nase reinstecken zu müssen", dachte sie und blickte nachdenklich auf das blasse Baby im Steckkissen. „Was für ein Leben wird di erwarten?", murmelte sie vor sich hin und blickte ungeduldig zur Tür der Sakristei.

Nur die Mutter des Neugeborenen, Mathilde, blieb gelassen. Sie beugte ihr von Kummer gezeichnetes Gesicht über das kleine

Bündel in Paulas Arm und flüsterte: „Gott möge dich auf all' deinen Wegen beschützen, mein Kind!"

Endlich trat der Pfarrer der Gemeinde Kremsmünster bei der Tür heraus und eilte mit raschen Schritten durch den Mittelgang auf die wartende kleine Taufgesellschaft zu. „T'schuldigung, mei' Uhr is' stehen bliebn!" Er sah sich in der Runde um und kramte hektisch ein Taschentuch hervor, um sich damit ein paar Schweißtropfen von der Stirn wegzuwischen.

Etwas mühselig wollte er dann wissen: „Könna ma anfangen?"

Nachdem sämtliche Anwesenden genickt hatten, begann er mit der Zeremonie.

Als Frau Mayringer erstmals den vollen Namen aus dem Mund des Geistlichen hörte, fand sie ihn gar nicht mehr so abwegig: Walpurga Maria Wagner. „Na ja, wenn i's recht verstanden hab' … klingt er eigentlich gar net so übel", sinnierte sie mit zufriedenem Gesichtsausdruck.

Während der Pfarrer die Stirn des Kindes mit Wasser benetzte, zuckte das Neugeborene für einen Augenblick zusammen. Kurz schien es, als würde die Kleine zu weinen beginnen. Der gute Engel Paula, die seit ein paar Jahren selbst Witwe war und der das Schicksal keine Kinder beschert hatte, überkam auf einmal eine tiefe, nie empfundene Zärtlichkeit. „I' werd' immer für di da sein!" Kaum hörbar fügte sie hinzu: „I versprech 's!"

Mit fünfzehn Monaten konnte Walpurga alleine in der bescheiden eingerichteten Wohnung herumlaufen und mancherlei Wörter von sich geben. Wörter, die sie irgendwo aufschnappte und später nachplapperte. Mit ihren veilchenblauen Augen und den strohblonden Haaren war sie ein goldiges, bezauberndes Wesen.

Gewohnt, sich mit sich selbst zu beschäftigen, spielte sie stundenlang im Hof in einem großen, umgebauten Hasenstall mit ihrer abgegriffenen Stoffpuppe Susi oder unterhielt sich mit einer struppigen Katze, die schon längere Zeit in der Gegend herumstreunte.

Als Walpurga zwei Jahre alt war, heirate Mathilde einen jüngeren Mann; den für den Wehrdienst untauglichen Gendarmen Karl Binder. Jetzt hatte sie eine neue Liebe und nicht mehr so viel Zeit für ihr Kind. Mathilde hatte plötzlich für ihre Tochter, die sie einst über alles geliebt hatte, nicht mehr das Empfinden, das eine Mutter für ihr Kind haben sollte. Von nun an war der Mann an ihrer Seite für sie das Wichtigste; für den sie sich aufopferte, von dem sie auch wirtschaftlich abhängig war. Geduldig ertrug Mathilde, dass sie Karl oft in der Öffentlichkeit bloßstellte. Auch mit der Treue nahm er es nicht so genau. Mathilde erduldete aber seine Eskapaden schweigend. Sie wurde vorzeitig alt und verbittert. Das Selbstbewusstsein, das sie einst ausgezeichnet hatte, existierte längst nicht mehr.

Walpurga war daran gewöhnt, alleine, ohne mütterliche Obhut zu sein. Nicht so Taufpatin Paula, die wie ein Schutzengel nach wie vor über das Wohlergehen der Kleinen wachte. Jede freie Minute widmete sie der Kleinen.

Eines Tages hatte das aber ein jähes Ende: Paula wurde lungenkrank und von ihrem langjährigen Hausarzt Dr. Furtner für längere Zeit in einen Luftkurort geschickt. Es kostete den Allgemeinmediziner eine Portion Überredungskraft Paula zu überzeugen. „Sie werden's seh'n, wie Ihna die frische Luft und vor allem ein Tapetenwechsel guttun", redete der Gott in Weiß einfühlsam auf Paula ein, die sich zunächst hartnäckig sträubte, ihre gewohnte Umgebung zu verlassen.

Eine Woche später trennte sich Paula dann doch schweren Herzens von daheim und Walpurga, die ihr wie ein eigenes Kind ans Herz gewachsen war. Traurig wischte sie sich beim Abschiednehmen mit dem Handrücken ein paar Tränen vom Gesicht. „Was soll's", sagte sie leise, „i muss mich eben damit abfinden …"

Im Sommer brachte Mathilde ihr zweites Kind, das Nesthäkchen Marianne, zur Welt. Fortan genoss dieses Kind die ganze Aufmerksamkeit von Mathilde und ihrem Mann.

Ungefähr zu dieser Zeit betrat eines Tages Irmi, eine junge Lehrerin, den Kramerladen am Ende jenes Häuserblocks, in dem sie kürzlich eine kleine Mietwohnung bezogen hatte. Das Leben der jungen Frau war einsam und traurig, belastet von der Sorge um ihren Mann, der wie die meisten Männer zu dieser Zeit bei den Streitkräften sein Dasein fristete. Sie wusste nicht, ob er den Krieg überleben würde. Irmi hasste und verfluchte oft diese Kampfhandlungen, die so viel Leid über die Menschheit brachten.

Eines Tages wurde sie im Kramerladen ungewollt Zeuge einer regen Diskussion zwischen einigen Frauen aus der Nachbarschaft:

„A Schand' is', dass man so a kloanes Bauxerl derart vernachlässigt. So was g'hört ja direkt g'meld!" Die anderen Frauen schüttelten ebenfalls fassungslos den Kopf.

Irmi, die das Gespräch mit angehört hatte, holte tief Luft und sagte: „Aber ... aber das ist ja schrecklich!" Als sich ihr die in das heftige Wortgefecht verwickelten Frauen zuwandten, errötete sie und schwieg.

Nachdem eine der geschwätzigen Frauen den Laden verlassen hatte, rannte ihr Irmi hinterher. „Ach, entschuldigen Sie", rief sie und errötete erneut.

„Was is'?", fragte die Angesprochene verdutzt und drückte misstrauisch ihre Einkaufstasche an sich. „Wer ... wer san Sie überhaupt? Was wollen S von mir? I hab' Sie da no' nie g'sehn?"

Ein schüchternes Lächeln erschien auf Irmis Gesicht. „Äh ... ich ... i bin die neue Volksschullehrerin Irmgard Weber. I wohn' gleich da drüben." Irmi deutete mit der Hand auf den schräg gegenüberliegenden Wohnblock.

„Und darf i fragen, wer Sie ..., wie Sie heißen, ich möchte Sie gern mit Ihrem Namen anreden?"

„I bin Frau Moser, die Hausmeisterin vom Wohnblock!" Sie begann, lebhaft über die Familie Binder zu erzählen. Wie sie dann anfangen wollte, sich auch über andere Hausbewohner auszulassen, unterbrach sie Irmi:

„Freut mich, Frau Moser, Sie kennengelernt zu haben. Wir werden uns jetzt bestimmt öfter über den Weg laufen! Übrigens, das Kind, von dem da erzählt wurde, die Kleine da im Hof ... kann ich die einmal sehen?" Irmi konnte es immer noch nicht fassen, was sie da gehört hatte.

„Klar doch. Warum net. Des Dirndl sitzt die meiste Zeit allane mit ihrer Puppe im Hof in ihrer käfigartigen Behausung, hält Selbstgespräche oder plaudert mit der Katz', die ständig in ihrer Näh ‚rumschleicht'."

„Egal, ich möchte das Kind gerne einmal sehen", beharrte Irmi hartnäckig auf ihrer Bitte.

„Na, wenn S unbedingt woll'n, dann kommen S halt mit, aber wundern S eana über nix.

Dös is koa Art net, mit so an kloan Madl umz'gehen", entrüstete sich Frau Moser und setzte sich in Bewegung. Irmi stolperte hinterher.

Dann sah sie das Kind. Es war genauso, wie es die Frauen beschrieben hatten. „O nein", dachte sie zu sich. „Das darf doch nicht wahr sein." Irmi stand einen Moment sprachlos da.

Walpurga, die sich gerade zu einer ziemlich verwahrlosten Katze hinkniete, sah den beiden Frauen bei ihrem Näherkommen mit großen Augen, in denen eine abgrundtiefe Traurigkeit lag, entgegen.

„Aber das … aber das is' ja ungesund, die kann ja weiß Gott was für Krankheiten haben." Kopfschüttelnd fügte Irmi hinzu: „Die Katze mein ich!"

Sie verscheuchte das Tier und beugte sich zu der Kleinen runter. Besorgt fragte sie:

„Was machst denn da, so alleine?" Suchend sah sie sich um. „Wo … wo is' denn deine Mama?"

Walpurga richtete sich plötzlich auf. Trotzig presste sie die Lippen zusammen und starrte stumm vor sich hin. Irmi strich dem Kind flüchtig durch das Haar und blickte Frau Moser, die mittlerweile ihre Einkaufstasche abgestellt hatte, fragend an. „Kümmert sich denn wirklich niemand um das Kleine?"

„Sag i do'", polterte die geschwätzige Rednerin los. „Die Mutter hegt und pflegt ihr Jüngstes, vergöttert ihren Mann, vergisst dabei aber ihre Große. Armes Ding!"

„Wie kann man nur so herzlos sein", dachte Irmi zu sich.

Von da an schaute sie bei jeder passenden Gelegenheit bei Walpurga vorbei. Die Katze kannte sie schon und suchte angesichts ihrer das Weite.

Einmal, als Irmi wieder da war, stieß sie unverhofft auf Mathilde. Diese schaute die junge Frau fragend an.

„Ist das Ihr Kind?", erkundigte sich Irmi.

„Ja … warum, is was damit?“, wollte Mathilde etwas ungehalten wissen.

Irmi, die geneigt war, ihrer Empörung freien Lauf zu lassen zu lassen; überlegte sich's aber im letzten Moment. Stattdessen schüttelte sie nur kaum merklich den Kopf und sagte:

„Mein Name ist Weber Irmi. Ich wohn' seit kurzen in dem Haus schräg gegenüber. Ab Herbst unterrichte ich die erste Klasse.“ Sie zögerte einen Moment, nahm dann allen Mut zusammen und sagte: „Nichts für ungut. Hätten – haben Sie was dagegen, wenn ich ab und zu mit der Kleinen spazieren geh'?“ Sie sah dabei Mathilde fragend an. Sie wusste in dem Moment nicht, wie Walpurgas Mutter reagieren würde.

Mathilde, völlig verdutzt, hatte mit allem, aber mit so etwas nicht gerechnet.

„Wirklich?“, fragte sie erstaunt. „Würden S das wirklich machen? I hab' eh wenig Zeit: Mann … Säugling …, da gibt's jede Menge zu tun!“

Bevor sie dann wieder in das Haus zurückeilen wollte, meinte sie noch beiläufig: „Im Keller steht ein alter Leiterwagen … wenn S damit mit Walpurga fahren wollen …?“

Und Irmi wollte. Sie brauchte nicht eine Minute überlegen. Mindestens zweimal in der Woche holte sie am Nachmittag Walpurga, packte die Kleine in den Wagen und fuhr mit ihr zum nahe gelegenen Park. Die beiden hatten viel Spaß zusammen. In dieser Zeit vergaß Irmi ihre eigenen Sorgen und blühte förmlich auf. Sie wurde der zweite Mensch in Walpurgas Leben, der sich liebevoll ihrer annahm.

Die junge Frau hatte vom ersten Augenblick an eine Zuneigung zu der Kleinen, die so ganz anders war als zu den Kindern, mit denen sie bisher zu tun hatte.

Dann war eines Tages Paula wieder da. An ihrem Gefühl zu ihrem Patenkind hatte sich während ihrer Abwesenheit nichts geändert. Sie hatte zwar nicht mehr so viel Zeit wie Irmi, aber versuchte so oft es ging, sich mit Walpurga zu beschäftigen.

Wie nicht anders zu erwarten, kam es zwischen Paula und Irmi bald zu Reibereien: Eine Woche vor Beginn des kommenden Schuljahres meinte einmal Paula schnippisch zu Irmi, die gerade lebhaft plaudernd mit dem Kind im Wagen des Weges kam: „Ich bin gar nicht dafür, dass ein Kind so verhätschelt wird!"

Irmi schaute Paula verdutzt an. Sie glaubte nicht recht gehört zu haben, errötete und hatte sichtlich zu tun, ruhig zu bleiben. „Sie irren sich, ich ... ich hab' Walpurga nicht verhätschelt. Es tut mir leid, dass Sie das so sehen." Sie wollte mit weiteren Argumenten fortfahren, war aber innerlich zu erregt, um auch nur einen weiteren Ton von sich geben zu können. Sie warf Paula einen verständnislosen Blick zu, drehte sich um und ließ sie einfach stehen. So schnell sie konnte, lief sie – den Leiterwagen mit dem jauchzenden Kind hinter sich nachziehend – zu ihrem Haus, das ganz in der Nähe war, und nahm Walpurga mit in ihre Wohnung. Natürlich hatte sich Irmi vorher Mathildes Einwilligung geholt, die nichts dagegen hatte, wenn sie das Kind gelegentlich mit zu sich nahm. Im Gegenteil, Mathilde war froh, dass jemand da war, der sich um die Kleine kümmerte.

Paula ihrerseits stand mit Tränen in den Augen da und wusste nicht, wie ihr geschah. Nachdem sie sich einigermaßen gefangen hatte, murmelte sie leise vor sich hin: „Zeit wird's, dass die Schul' anfangt!", drehte sich um und wollte gerade ins Haus hinein, als sie, ganz in Gedanken versunken, den Ankömmling hinter sich nicht bemerkte. Erst als eine ihr vertraute Stimme fragte: „Was is'n los? ... Is' eana net guat? ... Kann i eana helfen?", erkannte sie Frau Mayringer. Einen Moment lang war sie geneigt, ihr Herzeleid der Frau anzuvertrauen, besann sich aber und schüttelte nur den Kopf.

„Na, der Quasseltante sag i nix!", dachte sie zu sich. Sie schloss die Tür auf, und gemeinsam gingen sie ins Haus.

Nachdem Irmi Walpurga kurz vor halb sechs wieder bei Mathilde abgeliefert hatte, flüchtete sie förmlich zurück in ihre Wohnung. Den Rest des Abends verbrachte sie mit verschiedenen Alltagsarbeiten.

Als sie später im Bett lag, überlegte sie fieberhaft, wie sie dieses leidige Problem am besten aus der Welt schaffen könnte. Irmi blickte verloren auf ihr Hochzeitsbild, das an der gegenüberliegenden Wand angebracht war. Es musste dringend etwas geschehen. Aber was? Während sie so dalag und hin und her wälzte, schlief sie mitten in ihren Überlegungen ein. Irmi träumte, dass ihr Mann nach langer, entbehrungsreicher Zeit zu ihr zurückgekehrt war, sie drei Kinder bekam und ihre Welt rundherum in Ordnung war.

Nach einem unruhigen Schlaf lief Irmi gleich am nächsten Morgen entschlossen zu Paula. Während sie die Treppe zum ersten Stock hinaufstieg, war sie nahe daran, ihr Vorhaben wieder aufzugeben. Sie erwartete, mit einer gehörigen Standpauke empfangen zu werden. Nichts dergleichen passierte. Paula blieb schweigend auf der Schwelle stehen und sah Irmi fragend an. Irmi ihrerseits nahm sich ein Herz und sagte: „Ich möchte mich entschuldigen, dass ich … dass ich so egoistisch g'handelt hab'." Diese Worte kamen zwar schwer über ihre Lippen, aber sie wollte einfach keine feindselige Stimmung in ihrer unmittelbaren Umgebung aufkommen lassen. Paula hob abwehrend die Hand. „Ach was, es ist ja nicht zu übersehen, dass sich die Kleine bei eana wohl fühlt." Paula redete weiter, wie es dem Kind guttun würde, ständig unter Aufsicht an der frischen Luft zu sein … „Und das ist schließlich das Wichtigste!", endete sie ihren Kommentar.

Irmis erstes Gefühl war eine große Erleichterung. Ihr zweites Gefühl war allerdings nicht so gut. Sie fragte sich nämlich, ob diese plötzliche Sinneswandlung ehrlich gemeint war.

Einen Tag vor Schulbeginn begegnete Irmi am späten Vormittag Paula, die mit Walpurga zum Krämer am Ende der Straße unterwegs war. Nachdenklich blickte sie in die blauen Augen von dem Kind. Dann beugte sie sich zu der Kleinen hinunter und flüsterte: „Mach's gut, kleine Walpurga. Eines Tages kommst auch du zu mir in die Schule."

Walpurga streckte beide Ärmchen aus und wollte sich an ihr festhalten. Irmi konnte einer Umarmung im letzten Moment ausweichen, indem sie sich abwandte und in Windeseile davonrannte … zurück in ihre Wohnung, wo sie ihren Tränen freien Lauf ließ.

Das Leben ging weiter und Walpurgas erster Schultag stand vor der Türe. Sie war an dem Tag mächtig aufgeregt, zumal sie endlich wieder Irmi nahe sein konnte. In ihrem adretten, blauweiß getupften Kleidchen und den mit einer Schleife zusammengebundenen blonden Haaren bot sie einen äußerst niedlichen Anblick.

Walpurga war – im Gegensatz zu ihrer Sitznachbarin – eine gute, aufmerksame Schülerin. Sie lernte leicht und begriff sofort alles.

Im zweiten Schuljahr musste Irmi vorübergehend – so hoffte sie – die Klasse an eine andere Lehrerin, an Fräulein Riedl, abgeben.

Irmi bat Fräulein Riedl, ein besonderes Augenmerk auf Walpurga zu haben.

„Was ist denn so Besonderes an der?", wollte Fräulein Riedl mit fragendem Gesichtsausdruck wissen.

„Was, weiß ich auch nicht. Etwas Besonderes eben." Irmi überlegte kurz, dann meinte sie:

„Sie ist halt ein sehr zerbrechliches und sensibles Kind." Fräulein Riedl zog die Augenbrauen hoch und sagte: „Glaub i schon, aber das sind doch heutzutag' viele Kinder. Ich lehn' es einfach ab, dass man ein Kind bevorzugt."

Irmi errötete und sagte mit energischer Stimme: „Ich hab Walpurga nicht bevorzugt. Sie wurde von mir nicht anders behandelt als die anderen. Aber sie ist ein Kind, das einer besonderen Fürsorge bedarf. Außerdem sie ist sehr intelligent … und lernt fleißig!"

„Warum muss ich mich eigentlich schon wieder rechtfertigen?", dachte Irmi zu sich. Zugleich wurde ihr klar, dass sie scheinbar mit ihrer Bitte an die falsche Person geraten war.

Eines Tages, Irmi war in der Pause gerade im Schulhof mit ihrer Kollegin Fräulein Riedl – die bei den Schülern nicht sonderlich beliebt war – in ein Gespräch verwickelt; als sie Walpurga alleine in einer Ecke stehen sah. Sie entschuldigte sich bei der Kollegin und eilte zu Walpurga hin. Besorgt fragte sie:

„Was ist mit dir? Warum bist du nicht bei den andern?" Walpurga warf Irmi einen verzweifelten Blick zu. Einen Blick, den Irmi noch gut in Erinnerung hatte. „Fehlt dir was, tut's wo weh?" Walpurga schüttelte den Kopf und flüsterte: „I will, dass Sie wieder unsere Lehrerin sind!" Verwirrt wusste Irmi momentan nicht, was sie sagen sollte.

„Aber ... aber Fräulein Riedl ist doch auch ganz nett?", versuchte Irmi, besänftigend (obwohl sie wusste, dass ihre Kollegin bei den Schülern nicht sehr beliebt war) auf Walpurga einzureden. Gleichzeitig bekam sie mit, dass die anderen schon ihr Augenmerk auf sie richteten. Sie strich Walpurga flüchtig über das Haar und sagte leise. „Geh jetzt wieder zu deinen Klassenkameraden, ich kriege euch vielleicht eh bald wieder."

Doch es sollte anders kommen, ganz anders:

Es war gegen Ende des zweiten Schuljahres, als Irmi zur Direktorin, Frau Gampel, einer kleinen untersetzten Person, hinbestellt wurde. Irmi lief die Treppe hinauf, wo sich am Ende des zweiten Stockwerks das Direktionszimmer befand. Sie holte tief Luft, dann klopfte sie zaghaft an die Tür.

„Kommen S rein", rief Frau Gampel, eine verbitterte alte Jungfer – mit strenger Stimme von drinnen heraus. Sie schaute Irmi – nachdem diese den Raum betreten hatte – mit prüfenden Augen an und deutete ihr, Platz zu nehmen. Irmi setzte sich langsam auf einen leeren Sessel und zog sittsam ihren Rock zurecht.

„Ich will nicht lang um den heißen Brei reden. Ich weiß, dass Sie zurzeit viel zu tun haben. Aber mir ist zu Ohren gekommen, dass Sie die Schülerin Walpurga Binder, na, sagen wir mal ... besonders ins Herz g'schlossen haben. Ist das so?"

Frau Gampel blickte Irmi abwartend an. Irmi errötete und richtete den Blick verstört zu Boden. Sie überlegte hin und her, was sie antworten solle.

„Nun, da es scheinbar so ist, werden wir möglicherweise nicht umhinkommen, Sie zu versetzen."

Irmi schaute ein wenig zerstreut auf. „Was wollen S damit sagen?"

„Ich sagte, dass Sie möglicherweise in eine andere Schule versetzt werden!" Irmi überlegte, was sie jetzt am besten erwidern sollte. Einen Augenblick schauten sie einander wortlos an: Die anmutige junge Frau und die alte Jungfer mit dem verkniffenen Mund. Schlagartig keimte zwischen den beiden eine ablehnende Haltung auf.

„Entschuldigung, aber ... aber ich hab Walpurga versprochen, dass ich sie bald wiederbekomme!“ Irmi hielt nur mühsam ihre Tränen zurück. Frau Gampel schwieg eine Weile nachdenklich, dann sagte sie: „Nun, das tut mir leid, aber ... aber den meisten Kindern fällt eine Trennung oft schwer; sie vergessen aber auch leicht“, klärte sie mit belehrendem Ton im Verlauf des Gesprächs Irmi auf. Dann räusperte sie sich kurz und fragte: „Was ist eigentlich mit den Eltern?“

Mit so wenigen Worten wie möglich schilderte Irmi der Direktorin, was sie wusste: Sie erzählte, dass Walpurgas leiblicher Vater nicht mehr lebe und ihre Mutter wieder geheiratet habe.

Mit leiser, fast unverständlicher Stimme fügte sie hinzu:

„Bei der Mutter sind, wie es ausschaut, nur ihr Mann, den sie von vorne bis hinten bedient, und deren gemeinsames Kind wichtig! Walpurga läuft nur so nebenher.“

Nachdem Irmi zu Ende gestammelt hatte, begegnete sie Frau Gampels Blick und hoffte, jetzt vielleicht deren Verständnis gewonnen zu haben.

„Das ist schlimm, und sonst ... sonst ist niemand da?“, wollte die Direktorin weiter wissen.

„Soviel ich weiß, nur ihre Taufpatin Paula – die aber auch nicht mehr die Jüngste ist – und ich. Aber mir lässt im Augenblick meine Arbeit zu wenig Zeit, um mich intensiver um die Kleine zu kümmern!“, meinte Irmi und hoffte insgeheim, dass Frau Gampel das mit der Versetzung nochmals überdenken würde. Die Direktorin machte aber, nachdem sie ihre Augen eine Weile beim Fenster hinauswandern lassen hatte, eine ablehnende Handbewegung. „Es tut mir leid, Frau Weber, aber wie Sie sich das vorstellen, so läuft es nun einmal nicht. Es muss jedes Kind gleichbehandelt werden.“

Plötzlich stand Irmi ruckartig auf und lief zur Tür. Auf der Schwelle blieb sie stehen, drehte sich ruckartig um und sagte voll Bitterkeit: „Es ist verdammt unmenschlich, so zu handeln.“ Beim Verlassen des Zimmers holte Irmi tief Luft. „Dumme Ziege“, dachte sie und machte sich auf den Weg ins Lehrerzimmer.

Und so kam es, dass Irmi nach den Ferien mit einer großen Tasche, in der sie ihre Schulbücher verstaut hatte, den Bus, der sie in die nächste Ortschaft zu ihrem neuen Tätigkeitsplatz bringen sollte, bestieg. Mit im Gepäck: eine Portion Bitterkeit, die sie in ihrem bisherigen Leben nur einmal nach dem Lebewohlsagen mit ihrem Mann erlebt hatte.

Von da an war es nie mehr, wie es hätte sein können. Irmi brauchte nicht lang darüber nachdenken, ob sie glücklich war. Sie wusste, dass sie unglücklich war.

Es vergingen die Jahre, eins ums andere.

Walpurga war jetzt fast vierzehn Jahre und ein großes, hübsches und schlankes Mädchen geworden. Ihr blondes Haar, zu einem lustigen Pferdeschweif mit einer hübschen Spange zusammengehalten, hatte einen dunkleren Goldton angenommen. Ihre Art hatte etwas von ihrer Kindlichkeit verloren. Walpurgas größte Veränderung lag aber jetzt darin, dass sie früher erst gehandelt und dann erst nachgedacht hatte, während sie jetzt fast immer einen wohlüberlegten Sinn in ihrem Tun bewies.

Als Walpurga die Hauptschule für immer verließ, waren ihre Lehrerinnen überzeugt, nicht so bald wieder eine so vorzügliche Schülerin zu bekommen.

Je älter Walpurga wurde, umso beschwerlicher wurde es für sie, das Verhalten ihrer Halbschwester ihr gegenüber geduldig zu ertragen. Manchmal, wenn sie hin und wieder mit ihr allein war und diese sie zur Weißglut brachte, war Walpurga oft nah dran, Marianne eine runterzuhauen. Es kostete sie unsägliche Mühe, sich zu beherrschen und es nicht zu tun. Außerdem wollte sie auf keinen Fall den Zorn ihres Stiefvaters schüren. Stattdessen murmelte sie nur:

„Hör endlich auf, auf mir herumzuhacken. I hab dir doch nichts getan, lass mi einfach meinen Weg gehen. Eines Tages … eines Tages geh i sowieso fort.“ Mehr zu sich selbst meinte sie noch: „Dann seids mi eh alle los.“

Marianne grinste verächtlich: „Tu' da nur kann Zwang an. Von mir aus gehst hin, wo der Pfeffer wachst." Ohne zu überlegen, quollen diese Worte aus Mariannes Mund raus.

Obwohl Walpurga an derartige Boshaftigkeiten ihrer Halbschwester gewohnt war, war sie sich zu schade, eine ebenso bösartige Antwort zu geben. Ihr war aber klar, dass die quälenden „Warum"-Fragen nur Marianne allein beantworten könnte. Trotzdem, wenn es Walpurga auch schwer fiel, musste sie Marianne bei Laune halten. Nur sie konnte ihr helfen, sich hin und wieder mit Gleichaltrigen zu treffen. Ihr war aber auch bewusst, dass Marianne eine listige kleine Hexe war, die nichts umsonst tun würde.

Unvermittelt ertappte Marianne eines Tages Walpurga, wie sie sich bei Paula im Stiegenhaus über ihren Stiefvater beschwerte.

Sofort, nachdem sie mit Walpurga allein war, ging sie mit feindseligem Gesichtsausdruck zum Angriff über: „Was krieg i, wenn i meinen Mund halt? I hab nämlich alles g'hört, alles", fügte Marianne spöttisch lächelnd hinzu.

Erschrocken starrte Walpurga ihre Halbschwester an. Sie wusste momentan nicht, was sie sagen sollte. Ihr war, als hätte ihr Marianne mit voller Wucht ins Gesicht geschlagen. „Du spinnst ja, was soll denn der Quatsch?"

„Aha, jetzt wird's dir zu brenzlig, was?" Marianne grinste Walpurga frech ins Gesicht und schrie außer sich vor Wut: „I lass mir den Mund nicht verbieten ..., am wenigsten von dir."

Walpurga ertrug Mariannes zänkisches Geplapper nimmer länger. Sie war wütend, verzweifelt und ratlos: „Du ... du elender kleiner Fratz bist ja bloß neidisch." Marianne bekam einen knallroten Kopf und kreischte mit herablassender Miene:

„Neidisch! I? Auf so was wie di? Also, was is ... was is dir mein Mundhalten wert?" Walpurga schaute Marianne verdattert an.

„Du bist ja verrückt." Walpurga stieß einen gequälten Protestschrei aus. „Was ... was willst denn von mir, i hab ja nix."

Marianne schaukelte auf den Hinterbeinen von dem Sessel, auf dem sie saß, und warf Walpurga einen schadenfrohen Blick zu. „Na ja, fürs Erste wär' i mit deiner Haarspange zufrieden."

Walpurga glaubte, nicht richtig gehört zu haben. Widerwillig starrte sie Marianne an.

„Das is gemein von dir", begehrte sie auf. „Die … die hab' i' von meiner Taufpatin gekriegt; die geb' i net her. I denk net d'ran!"

Mariannes Stimme klang triumphierend, als sie sagte: „Is ma wurscht, von wem du sie hast. Entweder die Spange oder …"

Walpurga begriff, dass sie Marianne ausgeliefert war. Sie sah ihre Halbschwester mit ihren großen, blauen Augen, die sich langsam mit Tränen füllten, an.

„Also gut, du hast gewonnen." Sie zögerte einen Moment, dann löste sie langsam die Spange von ihrem Haar. Walpurga fühlte sich auf einmal so gedemütigt und schrie Marianne an: „Da hast sie, aber …", Walpurgas Stimme zitterte, als sie Marianne erklärte: „In meine' Augen bist du a bösartiger, klana Fratz, dem alles durchg'lassen wird. A g'sunde Watsche links und rechts tät da amal net schaden! Ans kannst sicher sei', dass i so bald wie möglich von daham weg bin, weit weg von euch a!"

Bevor Marianne einen weiteren Giftpfeil gegen Walpurga abschießen konnte, rannte sie wütend aus dem Zimmer und knallte die Tür' hinter sich zu.

Walpurga hatte Irmi nicht vergessen. Aber da war Paula, die noch immer für sie da war. Paula war vor einiger Zeit bei Mathilde ausgezogen, und bewohnte seit Kurzem im Erdgeschoss des Hauses eine kleine Einzimmerwohnung. Sie war mittlerweile eine liebenswerte ältere Frau geworden, der Walpurga all ihre Sorgen seelischer Art, Ärger daheim – großteils von Marianne angezettelt, der sie hilflos ausgeliefert war – anvertrauen konnte. So auch, als ihr Stiefvater anfing, sie bei jeder Gelegenheit zu begrapschen. Von Tag zu Tag fühlte sich Walpurga in seiner Gegenwart unbehaglicher. Sie empfand ihm gegenüber nur noch Wut und Ablehnung. Abneigung gegen diesen selbstherrlichen Menschen, der mit ihr und ihrer Mutter so rücksichtslos umging.

Karl kanzelte Walpurga wie eine Aussätzige von der Außenwelt ab und behandelte sie wie sein persönliches Eigentum.

Einmal, als Walpurga später als sonst nach Haus kam, weil sie noch mit jungen Leuten in einem nah gelegenen Park gebummelt hatte, empfing er sie ausgesprochen frostig:

„Ein für alle Mal: I will net, dass du di mit diesen Gestalten herumtreibst, is' des klar?" Er redete ihr ein, dass diese Leute kein passender Umgang für sie wären. Zusätzlich gab er ihr das Gefühl, böse und undankbar zu sein.

Auf diese Art blieb Walpurga in ihrem Umfeld stets ein Außenseiter. Sie gewann keine Freunde und wurde nicht näher in den Kreis junger Leute miteinbezogen.

Von Tag zu Tag wurde Walpurga betrübter.

Irgendwann hielt sie es nimmer länger aus, holte tief Atem und klagte, in Tränen aufgelöst, Paula ihr Leid:

„Unlängst wollte der Papa mit mir eine Radlpartie machen. Anfangs weigerte i mi no dagegen, weil i absolut ka Lust hatte, mit ihm zu fahren. Irgendwie war mir a schleierhaft, warum si sein Verhalten mir gegenüber auf einmal geändert haben sollte. Er redete aber so lange auf mi ein, bis i, nicht Böses ahnend, auf meinem alten Drahtesel mitg'radelt bin.

An einer einsamen Waldlichtung hielt er plötzlich an, stieg von seinem Radl und forderte mi auf, dasselbe zu machen. Noch immer dachte ich mir nichts dabei. Als er mich aber dann so komisch ang'schaut hat und i mi neben ihm auf de Wiesn hinlegen hätt' sollen, hab i's mit der Angst kriegt. I wollt' nur no so schnell wie möglich weg. Bin aufs Radl und, wie wann der Leibhaftige hinter mir her wär', hamg'fahrn."

Als Walpurga beendet hatte, legte sie die Arme um die Schultern ihrer Taufpatin und schluchzte: „Ach, Paula, i wünscht', du wärst meine Mutter. Mit dir könnte i über alles reden."

Paula, die sichtlich erschüttert Walpurgas Erzählung gelauscht hatte, konnte sich's nicht verkneifen, wütend zu sagen:

„Des is a unsagbare Schweinerei ... So a verdammter Mistkerl ... Aber i hab' diesen unangenehmen Zeitgenossen von Anfang an net leiden können. So ein ... widerlich, durch und durch widerlich. Aber ... aber was sagt eigentlich deine Mama dazu?"

Walpurga schüttelte den Kopf. Traurig meinte sie: „I … i hab ihr nix g'sagt. Wahrscheinlich tät sie mir sowieso net glauben." Mit trauriger Stimme fuhr sie fort:

„Es wäre vieles leichter für mi, wenn i mit ihr darüber reden könnt', aber so … Sie wird mir immer fremder. Ich waß net wieso, aber es is' einfach so."

Paula legte den Arm um Walpurgas Schulter und sagte: „Du weißt ja, du kannst immer zu mir kommen; vergiss das nie!"
„Ach, Paula, ich weiß überhaupt net, was i ohne di tä", seufzte Walpurga und schaute verzweifelt drein.

Zwei Monate vergingen. Der einzige Trost waren die Gespräche mit Paula. Sie tröstete Walpurga nach Kräften mit aufmunternden Worten und dem Hinweis auf die Zukunft, in der sie einmal von den Schwierigkeiten mit ihrer Familie erlöst sein würde.

„Ja, schon, wenn i mal was verdiene, aber erst mal muss i no viel lernen", seufzte Walpurga. „Fragt sich nur, wie lang' i die quälende Situation, die zurzeit daheim herrscht, noch aushalten kann."

Einmal, als Walpurga abermals da war, fragte Paula vorsichtig:

„Wie stellst dir eigentlich dei' Zukunft vor?" Während sie das sagte, holte sie aus dem Backrohr einen köstlich duftenden Apfelstrudel hervor und legte ihn auf einen bunt bemalten Teller, den ihr Walpurga letzte Weihnachten gebastelt hatte. Walpurga zögerte mit der Antwort.

„Na ja, mein Traum wär' etwas zu machen, wo ich mit vielen Menschen zu tun hab'."

Täglich durchstöberte sie die Zeitung nach einer passenden Stellung. Sie war gewillt, anzunehmen, was sich ihr anbieten würde.

Bis sie eines Tages las:

„Neu eröffnete Rechtsanwaltskanzlei sucht fleißigen Bürolehrling." Begeistert rief Walpurga: „Das is es! Das wär' genau das, was i will!" Sie wollte mit ihrer Mutter reden, gleich heut' und sofort.

Ganz aus dem Häuschen rannte Walpurga zu ihr und erzählte davon. „Das wär' genau das, was mir vorschwebt ...was i machen will!"

„Ah ja", erwiderte Mathilde teilnahmslos, als ihr Walpurga aufgeregt davon erzählte, und widmete sich ohne weiteren Kommentar ihrer Bügelwäsche.

Wild entschlossen, aber auch ein wenig ängstlich wanderte Walpurga gleich am nächsten Tag zusammen mit Paula, die unbedingt mitkommen wollte, die paar Schritte zu der neu eröffneten Anwaltskanzlei. Sie war fest entschlossen, die ausgeschriebene Stelle zu bekommen.

Nach einigem Suchen entdeckten sie das Haus.

Im zweiten Stock klingelte sie an der Tür', an der in dicken Buchstaben „Rechtsanwaltskanzlei Dr. Beierl" stand.

„Du kriegst das schon hin", ermutigte Paula ihr Patenkind, bevor diese die Büroräumlichkeiten betrat.

Der Jurist, ein sympathischer, schlanker Mann um die vierzig, am Anfang seiner Selbstständigkeit stehend, wunderte sich, dass das junge Mädchen ohne Begleitung eines Elternteils zu einem Vorstellungsgespräch kam.

„Die Eltern sind nicht mitgekommen?", fragte er und nahm irritiert seine Lesebrille ab.

„Nein", erwiderte Walpurga. „Sie haben keine Zeit. Und", fügte sie kleinlaut hinzu, „offen gestanden interessiert sie's auch nicht besonders."

Während der Anwalt seine dunkel umrandete Brille mit einem Papiertaschentuch putzte, sah sich Walpurga in dem nüchtern eingerichteten Raum um:

Bei den Fenstern waren zur Hälfte die Jalousien heruntergelassen. In einem Wandregal hatten ein paar Bücher und Ordner ihren Platz. Ein riesiger Schreibtisch stand nahe dem Fenster, aus dem man geradewegs in ein gegenüberliegendes Schreibbüro blicken konnte. (Der Grund wahrscheinlich dafür, dass die Jalousien heruntergezogen waren.)

Auf dem Schreibtisch stand ein großes silbergerahmtes Foto, auf dem eine attraktive Frau um die vierzig mit zwei Kindern abgebildet war. Ein abgenutzter Drehstuhl und zwei einfache

Sessel vervollständigten den Raum. Nicht zu vergessen, eine große Zimmerlinde, die nahe dem Fenster platziert war, und den Raum heimeliger aussehen ließ.

Der Anwalt schaute Walpurga verwundert an. Er schwieg eine Weile und sagte dann:

„Na gut, dann machen eben wir beide vorerst die Angelegenheit alleine ab. Ihnen ist aber schon klar, dass in Ihrem Alter ohne Unterschrift eines Erziehungsberechtigten gar nichts geht. Ich würde vorschlagen", fuhr er fort, nachdem er wiederholt einen Blick auf seine Aufzeichnungen geworfen hatte, „dass wir die Sache nicht weiter hinausschieben und keine Zeit verschwenden. Sie versuchen aber, gleich morgen mit Mutter oder Vater, oder am besten mit beiden zusammen, vorbeizukommen."

Walpurga überlegte fieberhaft, wie sie ihre Eltern dazu motivieren könnte. Sie seufzte: „Wenn das so einfach wär'."

Eine Zeit lang schien es, als ob sie gleich in Tränen ausbrechen würde.

Doktor Beierl musterte Walpurga prüfend und sagte dann fürsorglich:

„Sie bedrückt doch noch etwas, wollen Sie mir net erzählen, was … was es ist?" Er hatte Mitleid mit dem Mädchen, das da etwas unbeholfen vor ihm stand.

„Wie schön wär's", dachte Walpurga, „sich den ganzen Frust von der Seele reden zu können." Stattdessen schüttelte sie den Kopf und starrte zum Boden.

„Geh, sagen S mir doch, was Sie belastet. Ich merk' doch, dass da was ist!", drängte der Anwalt weiter. „Ich versprech' Ihnen, dass ich alles tun werde, um Ihnen zu helfen." Er warf Paula – die sich im Hintergrund aufhielt – einen ratlosen Blick zu.

Dr. Beierl spürte, dass ihm Walpurga etwas sagen möchte, aber nicht so recht wusste, wie sie anfangen solle. Die junge Frau zögerte einen Moment, schnäuzte sich lautstark, dann sprudelte plötzlich alles wie ein Wasserfall hervor, was sie bewegte:

Sie erzählte von ihrer lieblosen Kindheit … von ihrem aufdringlichen Stiefvater … von ihrer boshaften Halbschwester und ihren Zukunftsplänen. Sie redete so schnell, dass Dr. Beierl zu tun hatte, ihr zu folgen. „Ich halt' das nimmer lang' aus", beendete Walpurga ihren Wortschwall und sah dabei den Anwalt mit fragenden Augen an. „Es ist zum Verzweifeln ..., was soll i bloß machen? Das Schlimmste ist“, flüsterte Walpurga leise, „dass meine Mutter – was meinen Stiefvater betrifft – so gutgläubig ist.“

Dr. Beierl seufzte und erhob sich hinter seinem Schreibtisch. „Da muss schleunigst etwas g'schehen. Ich werd' schau'n, was ich machen kann“, versuchte er Walpurga zu trösten. „Zunächst will ich aber mit den beiden reden!“

Nach langem Hin und Her zeigten sich am nächsten Tag Walpurgas Mutter und ihr Stiefvater bereit, mit in die Kanzlei zu kommen.

Als die drei den Raum betraten, stand Dr. Beierl auf, begrüßte sie höflich und bat, Platz zu nehmen.

„Viel Zeit haben wir net, also, wo sollen wir unterschreiben?“, knurrte Karl ungeduldig.

Der Anwalt setzte sich auf seinen Stuhl und legte beiden die vorbereiteten Papiere vor. Ohne diese genauer gelesen zu haben, unterschrieben sie; zuerst Mathilde, dann Karl.

„Wenn Sie jetzt bitte einen Moment draußen warten wollen?“, wandte sich dann der Anwalt an Karl.

Misstrauisch fragte der: „Warum denn?“, und richtete angespannt seinen Blick zu Boden.

„Ich hätt' da dringend was mit Ihrer Frau zu besprechen“, sagte der Anwalt mit ruhiger Stimme. Karl runzelte die Stirn und warf Mathilde einen fragenden Blick zu. „Meinetwegen“, brummte er. Er schaute den Anwalt argwöhnisch an, strich sich nervös über sein pomadiges, schwarzes Haar und verließ ohne ein weiteres Wort das Zimmer.

„Bis glei', Karl“, rief ihm Mathilde nach.

Dr. Beierl wandte sich jetzt an Mathilde: „Schenken Sie mir bitte nur einen Augenblick Ihr Gehör! Ihre Tochter hat mir da einiges erzählt, das mir ziemlich zu denken gibt.“ Er machte eine kleine Pause, um seinen Worten eine größere Bedeutung zu verleihen.

„Fairerweise wollte ich aber zuerst mit Ihnen reden, ehe ich mich ... nun ja, ehe ich mit Ihrem Mann red'.“

„Was gibt's denn so Geheimnisvolles?", wollte Mathilde wissen. Sie hatte nicht die geringste Ahnung, was Dr. Beierl von ihr wollte und so Wichtiges mit ihr allein' besprechen musste.

„Ich wünschte, es wäre so einfach", gab Dr. Beierl zu bedenken und warf einen flüchtigen Blick auf Walpurga. „Aber als gewissenhafter Anwalt ... Kann ich ganz offen reden?" „Aber ja", Mathilde nickte.

Dr. Beierl erzählte ohne Umschweife, was ihm Walpurga anvertraut hatte.

Nachdem der Anwalt mit seiner Schilderung fertig war, war es ein paar Sekunden still im Raum.

„Wenn Karl wirklich so a Lump is' ... was i eh net glaub'", Mathilde war den Tränen nah', „wenn ... wenn er wirklich so gemein is', dann ..." Die Stimme versagte ihr. Als sie sich wieder gefasst hatte, fragte sie mit gequältem Gesichtsausdruck: „Und wie ... und wie soll i mi jetzt Ihrer Meinung nach verhalten?"

Dr. Beierl stand auf und sagte: „Regens Ihna net auf, wir werden schon eine Lösung finden, aber es muss dringend etwas g'schehen." Dann bat er Binder wieder herein. Mathilde spürte, dass ihr Mann sie mit Blicken durchbohrte, aber sie vermied jeglichen Blickkontakt mit ihm.

„Was soll denn das ..., worum geht's hier eigentlich?" Karl blickte so mürrisch drein, als habe man ihm gerade eine Lebertrankur verordnet.

„Ich schlage vor, Sie nehmen erst mal Platz", sagte Dr. Beierl und räusperte sich. Nachdem sich Karl gesetzt hatte, fragte er pampig: „Also, wo brennt's, ... reden S scho?"

Dr. Beierl dachte angestrengt nach, wie er am besten anfangen solle. Dann erzählte er Karl, was er vorhin Mathilde gesagt hatte.

Nach ein paar Schweigesekunden wandte sich Mathilde langsam um und wagte endlich, ihren Mann anzusehen. „Menschenskind, Karl, das kann doch net sein." Sie saß zusammengekauert da und starrte ihn an. „Sag doch was ... sag, dass des alles net so is!" Dann wandte sie sich an Walpurga. „Was hast denn bloß für an Blödsinn daher g'redet?"

Zaghaft wanderte Walpurgas Blick inzwischen von Dr. Beierl zu ihrem Stiefvater. Sie spürte, wie ihr das Blut in die Wangen stieg.

Karl fühlte sich in die Enge getrieben. Er wusste zwar nicht genau, was geredet wurde, aber er konnte es sich denken.

„Aha, von daher weht der Wind", dachte er und kniff die Augen etwas zusammen. „Was, zum Teufel ..., was soll denn das Ganze? I kann ma vorstellen, dass sich des Madl irgend so a blöde G'schicht z'sammen g'reimt hat, die hint und vorn' net stimmt ..."

„Aber, aber, nur mit der Ruhe", unterbrach Dr. Beierl Karls Wutausbruch und zwang sich zu einem Schmunzeln. „Niemand hat sich da irgendwas zusammeng'reimt. Haben S leicht ein schlechtes G'wissen?" Karl hätte bedenken müssen, dass früher oder später die Wahrheit ans Licht gekommen wäre.

Sein Tonfall klang auf einmal äußerst scharf. „Wieso ... warum?", er stand auf, setzte sich aber gleich wieder hin. „Verdammt noch mal, i bin doch net blöd", brüllte er unbeherrscht weiter und wandte sich, nachdem er einen Blick auf seine Armbanduhr geworfen hatte, Mathilde zu.

„I wär' jetzt froh, wenn wir wieder ham geh'n. Da hier wird eh nur lauter dummes Zeugs g'faselt!" Er tat so, als ob ihn das alles nichts mehr angehen würde, drehte sich auf dem Absatz um und verließ wutentbrannt den Raum. Mathilde, die ebenfalls keine Lust hatte, das Streitgespräch fortzusetzen, stolperte verzweifelt hinterher.

Rechtsanwalt Beierl schüttelte den Kopf. Er glaubte nicht recht gehört zu haben. Wie sich diese Personen hier präsentierten, war unglaublich.

„Die arme Frau ist ja dem Kerl total hörig", dachte er fassungslos bei sich. Er empfand Mitleid mit ihr.

Es änderte nichts daran, dass Karl sein Verhalten Mathilde gegenüber änderte. Trotzdem er sorgsam darauf bedacht war, jeden Streit mit ihr zu vermeiden, sich Mühe gab, in ihrer Gunst wieder zu steigen, kam Mathilde über das Geschehene schwer hinweg. Nachdem sie aber wirtschaftlich von ihm abhängig war, kam eine Trennung vorerst nicht in Frage. Obwohl ein gelegentlich weiterer Ausrutscher seitens Karls immer wieder abgestritten wurde, war für sie das weitere Zusammenleben mit ihm äußerst belastend.

Auch das Verhältnis zwischen Walpurga und ihrem Stiefvater wurde in der Folge noch schwieriger, als es eh schon war. Jede Gelegenheit war ihm recht, Walpurga klarzumachen, dass sie eh nicht sein leibliches Kind war.

Walpurga, todunglücklich und am Rande einer Verzweiflung angelangt, bezwang ratlos ihren aufsteigenden Zorn. Ihr war aber klar, dass sie ihren Stiefvater bei Laune halten musste, wollte sie doch, dass er sie eines Tages von daheim fortließ. Aber manchmal hatte sie das Gefühl, sie müsse sich hinsetzen und hemmungslos drauflos heulen.

Die einzigen Menschen, die von ihrer schwierigen Situation wussten, waren Paula und seit Kurzem auch ihr Arbeitgeber Dr. Beierl.

Das Wissen, mit ihrem Kummer nicht allein zu sein, tat ihr in dieser schwierigen Zeit unbeschreiblich gut.

Die Zeit verflog im Nu, und ehe sich Walpurga versah, schloss sie die Lehre zur Kanzleikraft mit Erfolg und größter Zufriedenheit von Dr. Beierl ab. Fortan war sie mit Eifer bei der Arbeit, die ihr viel Freude bereitete. Das Leben bot ihr von nun an auch die Möglichkeit, ihre Fähigkeiten und ihre Persönlichkeit verbessern zu können.

Nach wie vor fest entschlossen, eines Tages von daheim wegzugehen, begann sie jeden Abend vor dem Zubettgehen ein Stoßgebet loszulassen: „O Gott, hilf mir, dass sich mein sehnlichster Wunsch bald erfüllt!“

An einem Sonntag, als Walpurga gemeinsam mit ihrer Mutter, Karl und Marianne beim Frühstück saß, meinte Mathilde beiläufig:

„Das Mädel möcht’ ins Ausland und dort eine Stellung annehmen!“

Marianne tat so, als hörte sie das zum ersten Mal, dass Walpurga weg wolle.

„Äh …, was für eine Stellung?“, fragte sie mit einem Grinsen im Gesicht. Den Blick, den sie Walpurga dabei zuwarf, war alles andere als herzlich.

„Das ist es ja“, meinte Mathilde und verscheuchte eine Fliege, die sich auf ihrem Marmeladenbrot niederlassen wollte. „Sie weiß es selber no net, aber sie is’ ganz versessen drauf!“

Marianne brach in schallendes Gelächter aus.

„Bei dir piept's wohl", giftete sie Walpurga mit einem boshaften Funkeln in den Augen an. Stand auf und verließ, etwas Unverständliches vor sich hin murrend, den Raum.

Es war offensichtlich, dass Marianne Walpurga nicht leiden konnte. Sie, von Beginn an ein selbstsüchtiges Kind, mochte Walpurgas unkompliziertes Wesen nicht, war eifersüchtig auf deren anmutige Ausstrahlung, die nicht zu übersehen war, und überhaupt ... sie war einfach auf alles, was Walpurga betraf, neidisch.

„Ausg'schlossen", mischte sich plötzlich Karl ein. Er baute sich vor Walpurga auf, schaute betont kühl auf sie herab und sagte dann mit scharfer Stimme:

„Des kannst du dir glei aus dem Kopf schlag'n. Du gehst nirgendwohin!" Sein vorwurfsvoller Blick sprach Bände. „Wie oft soll ich no sag'n, dass du für solche Flausen viel zu jung bist." Sprach's und tat so, als wär' die Angelegenheit damit für ihn erledigt. Seine wegwerfende Geste, die er dabei machte, ließ Walpurga wütend werden. Sie spürte, wie ihre Augen feucht wurden. Liebend gern hätte sie mit dem Fuß aufgestampft und ihn in blinder Wut angeschrien:

„I werd bald neunzehn, du ... du hast mir gar nix zu verbieten." Letztendlich ließ sie sich aber zu keiner Unbesonnenheit hinreißen, denn sie wusste genau, dass es keinen Sinn hätte und zu gar nichts führen würde; im Gegenteil, es würde alles nur noch verschlimmern.

In der Folge erschien das Leben Walpurga trostlos und ohne Hoffnung.

Eines Tages, während Walpurga im Büro wieder einmal über ihren Traum nachgrübelte, wurde sie plötzlich in die Gegenwart zurückgeholt. „Hallo, Walpurga, wo träumen S denn hin?" Dr. Beierl, der hinter sie getreten war, schaute nachsichtig auf sie herab. „Ich würde zu gern' wissen, wo S mit ihren Gedanken g'rad waren?"

Walpurga saß da und blickte hilflos zu ihm auf. „Entschuldigung, es is nur ... i will weg. Nicht von Ihnen, Sie san ... Sie sind ein Superchef und die Arbeit hier macht riesigen Spaß – aber i will weg, fort von daheim, wo alles unerträglicher wird.

Nur noch Reibereien … böse Worte, Zank und Streit!" Mit leiser Stimme fügte sie hinzu: „Tut mir leid, dass ich Sie schon wieder mit dem leidigen Thema belästige." Es war ihr äußerst peinlich, dass sie sich hatte so gehen lassen.

„Nun ja", Herr Beierl überlegte kurz, wie er Walpurga am besten seinen Standpunkt klarmachen konnte:

„Sie brauchen sich vor mir nicht zu rechtfertigen." Er schaute sie eine Weile an, und fuhr dann fort: „Sie sind ein so g'scheites und hübsches Mädchen. Sie müssen einfach das tun, was für Sie gut ist, und was das Wichtigste ist … nicht den Mut verlieren."

Einen Moment sah es so aus, als wollte er noch etwas sagen, ließ es aber dann doch bleiben. Walpurga schüttelte seufzend den Kopf: „I weiß net, so einfach wird das nicht sein. Mein Stiefvater lässt mich net so ohne Weiteres fort. Er meint immer, dass ich noch zu jung bin, um allein' in der Weltgeschichte herumzugondeln. Dabei ist Bayern doch gar nicht so weit weg." Walpurga stieß einen Seufzer aus. „Aber ich kann und will net länger daheimbleiben. I ertrag' sein Getue einfach nicht mehr. Schon alleine der bloße Gedanke, mit ihm unter einem Dach wohnen zu müssen, versetzt mich in Angst und Schrecken."

Dr. Beierl lehnte am Schreibtisch und heftete wiederholt seinen Blick auf Walpurga. „Ich weiß nicht, ob Ihnen geholfen wär', wenn ich wieder einmal von Mann zu Mann mit Ihrem Stiefvater red'?"

Walpurga schüttelte energisch den Kopf. „Um Gottes willen, nein", sagte sie rasch. „I will keinen Streit und schon gar keine gereizte Stimmung. I fürcht' – ich fürchte, er würde ganz zornig reagieren."

Sie durfte einfach die Hoffnung, dass sich ihr Traum bald einmal erfülle, nicht aufgeben.

„Wie auch immer, ich bin Ihnen unendlich dankbar, Herr Doktor", sagte Walpurga mit einer Herzlichkeit, die sie sich im Umgang mit ihm längst angewöhnt hatte. Sie zweifelte keinen Augenblick daran, dass er ihr im Notfall immer zur Seite stehen würde. Es war angenehm, einen Menschen vor sich zu haben, der verstand, was tief im Innersten in einem vorgeht, der einen verstand.

Einige Monate später brachte Walpurga abermals den Mut auf, ihre Eltern wegen ihres Vorhabens anzusprechen.

Statt der erwarteten Reaktion schien dieses Mal das Glück auf ihrer Seite zu sein, denn beide – weder Mathilde noch Karl – hatten irgendwelche Einwände. „Wenn du unbedingt glaubst, im Ausland dein Glück suchen zu müssen, in Gottes Namen, dann tu's", murmelte Mathilde ohne jedwede Gemütsbewegung vor sich hin. Karls Kopfnicken enthielt ebenfalls eine Zusage; wenn auch mit einem säuerlichen Zug um den Mund.

Walpurga glaubte zunächst, nicht richtig gehört zu haben. Mit vielem hatte sie gerechnet, aber nicht damit. Es kam für sie dermaßen unerwartet, dass sie momentan nicht fähig war, irgendetwas zu sagen. Sie seufzte nur erleichtert auf, weil sich endlich ihr sehnlichster Wunsch erfüllen würde. „Das muss i gleich morgen meinem Chef erzählen. Der wird staunen."

Der Abschied von Herrn Dr. Beierl fiel Walpurga sehr schwer.

„Viel Glück, Walpurga, und das meine ich aufrichtig", sagte Dr. Beierl beim Lebewohlsagen und legte ihr freundschaftlich die Hand auf die Schulter. Walpurga holte tief Luft, als wollte sie etwas sagen, doch sie brachte kein einziges Wort hervor. Einen Augenblick war sie versucht, ihren Chef zu umarmen, stammelte stattdessen nur verlegen: „Danke …, danke für alles!"

So kam es dann, dass, Ende Juni, Walpurga am frühen Vormittag in den Zug, der sie nach München bringen sollte, einstieg. Kurz danach setzte sich der Zug in Bewegung. Sie war nach München unterwegs. Endlich!

Trotz allen Missständen war es für sie aber doch nicht so leicht, von daheim wegzugehen. Andere hätten wahrscheinlich die Trennung leichter weggesteckt, aber ihre Sensibilität war ihr jetzt doch irgendwie im Weg.

Walpurga hatte für die Reise ihre abgetragene Jeans und ihren langärmeligen, blauen Lieblingspulli mit V-Ausschnitt angezogen. Ihre karierte Jacke und den Koffer, in dem andere Habseligkeiten verstaut waren, verfrachtete sie in dem Gepäcksnetz oberhalb ihres Sitzplatzes. Einen Sack, bepackt mit ein paar Äpfeln, stellte Walpurga neben sich auf die Bank. Dann machte sie sich's auf ihrem Eckplatz gemütlich und schlug ihren angefangenen, spannenden Kriminalroman auf.

Mit einem Ruck fuhr der Zug an und verließ den Bahnhof. Walpurga ließ ab und zu ihr Buch sinken und wandte ihren Blick der vorbei gleitenden Landschaft zu.

Da sie um die Jahreszeit die alleinige Reisende in dem Abteil war, unterbrach von Zeit zu Zeit nur der Schaffner, der ihre Fahrkarte kontrollieren wollte, ihr Alleinsein.

Plötzlich fuhr sie erschrocken in die Höhe, als der Zug anhielt. Wo war sie? Vertieft in den fesselnden Lesestoff, hatte sie auf die letzte Station nicht geachtet. Walpurga sprang wie elektrisiert auf und trat ans Fenster. Aber nirgends war eine Ortstafel zu sehen. Sie wollte das Fenster öffnen, rüttelte daran, aber es gab nicht nach.

Auf einmal wurde die Abteiltür aufgerissen. Eine rundliche Frau, mit rötlichem, hochgestecktem Haar, um die Fünfzig, bepackt mit einer großen, abgenutzten Schweinsledertasche, starrte Walpurga mit aufgerissenen Augen an. (Offenbar hatte sie nicht erwartet, jemand im Abteil anzutreffen.)

Ohne ein Begrüßungswort murmelte sie: „Is da no frei?"

„Ja, schon, aber ... aber is denn das schon München?", wollte Walpurga aufgeregt wissen.

„Kopfschüttelnd meinte die neue Mitreisende: „Na, Madl, des is net München, des is erst Bad Endorf."

Erleichtert dachte Walpurga: „Gott sei Dank", und ließ sich mit einem Seufzer wieder auf den Sitz fallen.

Draußen auf dem Bahnsteig ertönte derweil ein Pfeifsignal und der Zug setzte sich wieder in Bewegung. Walpurga schnappte sich aus ihrem alten, eigenhändig bemalten Jausensack einen Apfel und wischte ihn mit einem Papiertaschentuch ab. Während sie kräftig zubiss, beobachtete sie interessiert ihr Gegenüber, dessen Augen betrübt beim Fenster hinausstarrten. Walpurga fragte sich, was wohl in dem Kopf der Frau abginge? So wie es aussah, dürfte sie einen schmerzlichen Abschied hinter sich haben. Walpurga sah eine Weile ihr Gegenüber an, dann trat ein spitzbübischer Ausdruck in ihre Augen.

„Wolln S a an hab'n?"

„Was … was is los?", fragte die Frau und schaute Walpurga ein wenig verdattert an.

„Wollen S a an Apfel haben?", wiederholte Walpurga erneut ihre Frage.

„Ja, schon. Wanns d' an über hast." Während sie in ihrer Tasche kramte, meinte sie: „I ess' Äpfel ganz gern'." Im Nu war der Apfel samt Putz aufgegessen. Während sich die Rothaarige anschließend ihre Hände mit einem Papiertaschentuch abwischte, erwähnte sie so nebenbei:

„München ist zwar eine ganz nette Stadt, aber für a Sommerfrische … i waß net?"

„I fahr net zur Sommerfrische hin, i werd' dort arbeiten", klärte Walpurga ihre Reisegefährtin auf.

„Ah so", meinte die Fremde und warf einen flüchtigen Blick beim Fenster raus. Dann richtete sie sich auf, ließ den Bügel ihrer Reisetasche zuschnappen und erklärte Walpurga: „Na dann, i muss jetzt wieder raus. War nett, dass i di kennen g'lernt hab', Madl. Vielleicht sehn ma uns ja wieder amoil!"

Am Zielbahnhof wurde Walpurga von Bärbel, der Tochter ihrer künftigen Chefin, schon erwartet. Die beiden jungen Mädchen waren sich auf Anhieb sympathisch. Während der Autofahrt zu Walpurgas neuer Arbeitsstätte entdeckten die jungen Mädchen viele Gemeinsamkeiten. Lebhaft erzählte Bärbel von ihren Zukunftsplänen; vor allem ihrer geplanten Reise nach Australien. „Darauf freue i mi schon wahnsinnig." Seufzend fuhr sie fort: „Ja mei … Mama ist zwar net begeistert, aber was soll's, sie kann net verlangen, dass i ständig an ihrem Rockzipfel häng' …"

„I find's toll, dass du das tust, was du wirklich machen willst", antwortete Walpurga.

„Sie kann sich ihren Traum ohne Wenn und Aber verwirklichen", dachte sie etwas nachdenklich.

„Na, und was sagt dein Papa dazu?", fragte Walpurga arglos weiter.

Einen Moment lang war es still im Auto.

„Der Papa", begann Bärbl leise, „Papa ist vor zwei Jahren bei einem Autounfall ums Leben kommen. So a irrer Geisterfahrer is' ihm während eines Überholmanövers frontal rein kracht. Seitdem führt Mama zusammen mit meinem älteren Bruder Max den Betrieb."

„O Gott, entschuldige!" Walpurga schlug sich mit der Hand auf den Mund. „Da bin i wohl mit meiner Fragerei mitten ins Fettnäpfchen getreten?"

„Ach was …", fiel ihr Bärbel ins Wort. „Du konntest ja nix wissen."

Anschließend herrschte eine längere Stille, die nur durch das Brummen des Motors und die Verkehrsgeräusche um sie herum durchbrochen wurde. Nach einigen Versuchen entdeckte Walpurga endlich, wie sich das Fenster neben ihr öffnen ließ. Angewidert von den ungewohnten Öl- und Benzindüften, die ihr in die Nase stiegen, und dem brodelnden Lärm der Großstadt schloss sie es aber sofort wieder.

Nach einer Weile kamen sie auf eine Schnellstraße. Walpurga hatte selten Kopfweh, aber jetzt hämmerte es an ihren Schläfen und sie war erleichtert, dass ihr Endziel scheinbar außerhalb der Stadt war.

„Glei hamas g'schafft", unterbrach Bärbel das Schweigen, und beschleunigte das Tempo.

Es ging gegen Mittag, als sie den graugrünen, schon etwas bejahrten Fiat am Straßenrand unweit einer Autobusstation parkte. „Wir sind da!", rief Bärbel aus und deutete auf eine Tafel, auf der in dunkelgrünen, großen Buchstaben auf weißem Grund „Pension ZIMMER – MESSER & GABEL" und darunter in kleineren Schriftzeichen der Name „Hauser" geschrieben stand.

Hinter ein paar hohen alten Tannenbäumen erspähte Walpurga in einem parkähnlichen Garten ein ländliches Haus, das einen einladenden Eindruck machte; wo die Leute garantiert gut essen/trinken und gemütlich beisammensitzen konnten.

An ein einsames Leben gewöhnt, war sie keineswegs enttäuscht, dass ihr künftiger Tätigkeitsbereich etwas abgelegen war.

Die beiden jungen Mädchen wurden vom Haushund Flori mit lautstarkem Gebell begrüßt. Flori, ein gutmütiger, älterer Schäfermischlingshund, beschnupperte Walpurga und ihre Umhängetasche neugierig, um nachzuschauen, ob etwas Interessantes für ihn dabei wäre. Als er aber nach einem kurzen, suchenden Blick merkte, dass nichts für ihn abfiel, trabte er wieder gemächlich davon.

Erst jetzt spürte Walpurga, wie müde und erschöpft sie von der Reise war. Sie fühlte sich wesentlich wohler, als man ihr nach der herzlichen Begrüßung von ihrer künftigen Chefin samt Junior Max, der die gleichen Augen und ein ebenso liebenswürdiges Lächeln wie seine Mutter hatte, ihre Behausung, die im Dachgeschoss des Hauses lag, zeigte. Es war eine kleine, freundliche, mit einfachen Möbeln, Bad und WC ausgestattete Einzimmerwohnung. Nachdem sie ihre Habseligkeiten in einer alten Kommode verstaut hatte, ließ sie sich rücklings auf das blau-weiß kariert bezogene Bett fallen. Mit verschränkten Händen hinter dem Kopf starrte sie auf die weiß gestrichene Decke.

„Das also ist der Anfang von meinem neuen Leben", dachte sie zu sich. Sie wusste nicht, wie lang sie so dalag, als es plötzlich klopfte. „Derf i reinkommen?", rief Bärbel von draußen rein. Walpurga setzte sich auf, strich sich ein paar Haare aus der Stirn und sagte:

„Na klar, die Tür' is eh net zug'sperrt." Die Klinke bewegte sich, und Bärbel steckte den Kopf bei der Tür' rein:

„Alles in Ordnung, Walpurga? Gemma was futtern, hast Lust?"

Natürlich war Walpurga von diesem Vorschlag sofort hellauf begeistert, hatte sie doch, seitdem sie in den Zug eingestiegen war, außer dem Apfel sowieso nichts Essbares zu sich genommen.

„Tolle Idee, i hab eh an Mordshunger." Sie überlegte kurz, wie sie am schnellsten fertig werden konnte: „Dauert net lang!" Während sie aus ihrer Handtasche ihren Kamm, dem schon einige Zähne fehlten, hervorkramte, bat sie Bärbel, so lange zu warten, und verschwand im angrenzenden Bad.

In der Küche hantierte Maria mit den Tellern. Offenbar hatte sie die beiden Ankömmlinge schon erwartet und eine deftige Brotzeit vorbereitet. „Langt nur ordentlich zua", sagte sie, während sie einen köstlich riechenden Kaffee eingoss. „Sahne und Zucker?", sagte Maria, und sah die beiden fragend an. „Weder noch", riefen Walpurga und Bärbel und begannen angesichts ihrer gleichzeitigen Äußerung zu kichern. Maria schmunzelte und meinte: „Sagt nur, wenns sonst no was wollt …"

Walpurga verschlang mit Heißhunger ihr Essen. Schon lange hatte es ihr nicht mehr so gut geschmeckt. Als sie ordentlich zugelangt und anschließend genüsslich ihren Kaffee getrunken hatte, bedankte sie sich bei Maria und Bärbel und eilte wieder nach oben in ihr Zimmer.

Walpurga hatte sich bald gut eingelebt. Ihren Tagesablauf, der zwar nicht immer einfach war, bekam sie rasch in den Griff. Um die anderen nicht zu wecken, schlich sie täglich frühmorgens auf Zehenspitzen die Treppe hinunter, wo Frau Hauser am Ende der Holztreppe schon auf sie wartete. Frau Hauser stellte hohe Anforderungen und Walpurga musste zeitig aufstehen, um alles zu ihrer Zufriedenheit erledigen können.

In den ersten Tagen folgte ihr die Chefin wie ein Schatten auf Schritt und Tritt, um festzustellen, wie Walpurga mit allem zu Recht kam. Im Laufe der darauffolgenden Zeit leistete Walpurga aber so gute Arbeit, wie es Frau Hauser nicht erwartet hatte. Nach drei Wochen durfte Walpurga selbstständig arbeiten und – was sie besonders freute – auch die Gäste bedienen. Sie tat ihr Bestes. Anfangs fühlte sie sich beim Abfertigen der Fremden etwas unbehaglich, weil Frau Hauser sie ständig im Auge behielt. Walpurga bereitete das aber nach und nach keine Schwierigkeiten, denn den Umgang mit Menschen interessierte sie von Berufs wegen immer schon.

Es waren durchwegs Stammgäste, die ihren Urlaub abseits vom Trubel einer Stadt verbringen wollten und die die liebenswürdige Betreuung im Haus Hauser schätzten. Walpurga blühte förmlich auf. Niemand schrie sie an, niemand war ihr feindlich gesinnt. Grund genug, ständig vor sich hinzusummen und lächelnd ihre Arbeit zu verrichten. Sie war beschwingt und guter Laune und fühlte sich unbeschwert wie seit ewiger Zeiten nicht mehr.

Obwohl Walpurga merkte, dass sie den männlichen Gästen gefiel, ließ sie niemanden näher an sich heran. Sie stand zwar mit allen gut, hatte für alle einen freundlichen, unverbindlichen Ton gefunden, aber wirklich vertraut war sie mit niemandem.

Wenn man sie ansprach, gab sie eine höfliche Antwort, suchte aber selbst kein Gespräch.

In ihrer knappen Freizeit unternahm sie gelegentlich ausgedehnte Spaziergänge, wanderte gern, wie sie überhaupt jede körperliche Bewegung an der frischen Luft freudig genoss. Wenn das Wetter draußen nicht besonders einladend war, verzog sie sich in ihr Zimmer und schmökerte in einem ihrer geliebten Krimis. Die freien Nachmittage nützte sie, indem sie sich ab und zu eine Busfahrt nach München gönnte, um dort unbekümmert eine der belebten Einkaufsstraßen entlang zu schlendern oder nach einer interessanten Leselektüre in einem Buchladen Ausschau zu halten.

Einmal entdeckte sie eine alte Kirche. Aus der halb offenen Türe drangen ein Lichtschein und leise Orgelmusik. Walpurga blieb stehen, überlegte kurz und ging dann hinein. Es war nichts Besonderes an dem Gotteshaus, nüchtern und kalt, aber es bot Platz zum Ausrasten. Nachdem sie das ausgiebig getan hatte, stattete sie noch rasch einem alten Trödelladen – den sie während ihrer Spaziergänge entdeckt hatte – einen Besuch ab.

Gegen sechs betrat Walpurga dann wieder ihr Zimmer und legte sich müde vom Umherlaufen aufs Bett. Dann wollte sie nur noch liegen, die Beine hoch lagern. Es dauerte nicht lange und sie war bald danach todmüde eingeschlafen.

Die Pfisterers waren einfache Leute. Herbert, das einzige Kind, wurde in eine äußerst entbehrungsreiche Zeit hineingeboren. Der Vater, Richard Pfisterer, bemühte sich mit seiner kleinen Schusterwerkstätte seine Frau Ida und Herbert so gut es ging über Wasser zu halten. Eines Tages, nachdem sein Leberleiden für ihn unerträglich geworden war, griff er zum Strick und erhängte sich mit einundfünfzig Jahren im Keller seines Generationen überdauernden Einfamilienhauses.

Nachdem der Schmerz halbwegs nachgelassen hatte, verpachtete Ida die Werkstätte. Von da an war sie mit einer kleinen Witwenrente, geringen Pachteinnahmen und gelegentlichen

Näharbeiten mit ihrem Sohn allein dem Leben ausgeliefert. Nun lag die Verantwortung zur Gänze auf ihren Schultern. Es war für sie ein ständiger Kampf, bis zum Ende einer Woche über die Runden zu kommen. Viel Geld war zwar früher auch noch nie da gewesen, aber es war immer mehr als unbedingt notwendig.

Das Leben ging im Haus Pfisterer – abgesehen von ein paar harmlosen Krankheiten – ohne ernstere Probleme weiter.

Die Jahre zogen ins Land, und Herbert mauserte sich zu einem besonnenen, gutaussehenden jungen Burschen. Nach einer dürftigen Lehre zum Schuhmacher übernahm er die einst von seiner Mutter verpachtete Schusterwerkstätte und konnte sich bald über einen beachtlichen Kundenstamm freuen.

Trotzdem verlor er sein Ziel, irgendwann in einem anderen Land Fuß zu fassen, nie aus den Augen.

Und so beschloss er eines Tages, sein Vorhaben in die Tat umzusetzen. Für die mittlerweile gut florierende Schusterei hatte sich ein würdiger Nachfolger gefunden. Das Problem sah er jetzt nur darin, seiner Mutter sein Vorhaben beizubringen. Er wollte weg, und das so bald wie möglich. Ihre übertriebene Fürsorge ihm gegenüber, die im Laufe der Zeit immer mehr zunahm, war ihm schon längst lästig. Er wollte nur eine passende Gelegenheit abwarten.

Dann war es eines Tages so weit: Wie schon viele Male zuvor saßen Ida und Herbert in der kleinen Küche beim gemeinsamen Mittagessen beisammen. Krampfhaft überlegte er, wie seine Mutter reagieren würde, wenn er ihr von seinem Vorhaben erzählen würde. Dann atmete er tief durch und meinte: „I überleg ' schon die ganze Zeit, ob es nicht sinnvoll wär', mich eine Zeit lang im Ausland umzuschauen!"

Mit einem Schlag machte Ida ein Gesicht, als hätte sie in eine Zitrone gebissen. „Wieso denn …, auf was für Ideen du kommst?" Fassungslos kramte sie in ihrer geblümten Kleiderschürze nach einem Taschentuch.

„Reg di net auf, aber i glaub', es würd' mir ganz guttun, wenn i mir mal frischen Wind um die Nase wehen lass", sagte Herbert und hoffte, mit der Äußerung seiner Mutter nicht unnötig wehgetan zu haben. „Aber …" Ida ließ nichts unversucht,

Herbert auf mögliche Enttäuschungen hinzuweisen. Nach wie vor fest entschlossen, schüttelte Herbert nur den Kopf und tätschelte die Hand seiner Mutter. „Du machst dir unnötige Gedanken, Mama. Es wird scho' alles gut gehen!"

Anfang Februar packte Herbert ein paar Habseligkeiten in einen kleinen Koffer, um sein Elternhaus für unbestimmte Zeit zu verlassen. Zum Abschied umarmte er seine Mutter ein letztes Mal. „Mach net so a G'sicht ... es wird scho' schiefgeh'n. I werd' a regelmäßig schreiben ... i versprech's. Du wirst seh'n, im Handumdreh'n bin i wieder da!", versuchte Herbert seine Mutter zu trösten.

„Pass auf di auf ... iss was g'scheits ..., du ... du wirst mir fehlen", schniefte Ida und schnäuzte sich lautstark. Nach einem Blick auf seine Armbanduhr – die ihm sein Vater seinerzeit hinterlassen hatte – murmelte Herbert: „Jetzt wird es aber höchste Zeit für mi', der Zug fährt in einer halben Stund', und i will ihn net verpassen." Dann machte er sich endgültig auf die Socken.

Herbert wollte sich zunächst in Bayern umsehen. Er hoffte, dass sich dort für ihn die Möglichkeit ergeben würde, seine handwerklichen Fähigkeiten unter Beweis stellen zu können; er würde sich aber vorerst auch mit einer anderen Tätigkeit begnügen.

In der hintersten Ecke von München bezog er in einer unscheinbaren Pension ein winziges, stickiges Zimmer, das mehr einer Wäschekammer, in die man ein klappriges Bett gestellt hatte, glich. Bis auf Weiteres gab er sich aber damit zufrieden. Die Hauptsache, es war billig. Dann überlegte er hin und her, wie er jetzt auf die Schnelle Arbeit finden könnte, um seinen Lebensunterhalt halbwegs finanzieren zu können. Seine spärlichen Ersparnisse reichten nämlich nur gerade mal für zwei Monate. Der Hausherr, ein Bulle von einem Mann, wollte unbedingt drei Monatsmieten im Voraus, gab sich aber letztendlich nach längerer Diskussion mit zwei zufrieden.

Herbert war ratlos. Keiner war da, mit dem er sich hätte beraten können. Er wollte schon aufgeben, als er sich erinnerte, dass früher einmal alles, was mit pflegebedürftigen Menschen zu tun hatte, für ihn auch interessant war. Er erinnerte sich an seine Kindheit: Damals durfte er oft seine Ferien bei seiner kränklichen Tante Mitzi auf dem Land verbringen. Er erinnerte sich, wie er sich damals als junger Bursche liebevoll um die ältere, alleinstehende, gebrechliche Frau gekümmert hatte. Deren Lebensmittelvorräte auffüllte … ihr aus einem Buch vorlas … oder sonst irgendwie behilflich war.

Besonderen Spaß hatte er, wenn er im Stall mithelfen durfte. Herbert musste insgeheim schmunzeln, als ihm einfiel, wie er damals bei den Pferden deren Schweife zu lustigen Zöpfen geflochten hatte. An all das erinnerte er sich jetzt.

Ein Blick auf seine Armbanduhr sagte ihm, dass es kurz vor vier war. Also noch genügend Zeit, in dem Spital, das er auf dem Weg zu seiner Unterkunft gesichtet hatte, nachzufragen, ob man eventuell dort für ihn Arbeit hätte. Selbst wenn man ihn vorerst nur einer Putzkolonne zuweisen würde. Ihm war in dem Moment alles recht, wenn es nur Geld einbrachte.

Er wanderte die kurze Strecke von seiner Bleibe hin zum städtischen Krankenhaus. Als er in das Gebäude hineinging, irrte er eine Weile verloren durch einen langen, weißen Korridor, bis eine Schwester herbeieilte und ihm den Weg zum Personalbüro zeigte. Um dort hinzugelangen, musste Herbert zunächst einen endlos langen Gang entlanglaufen und mit dem Lift in den zweiten Stock fahren.

Beim Betreten des Büros sah ihn eine gut aussehende, dunkelhaarige Frau mit hochgezogenen Augenbrauen fragend an: „Äh, was … was wollen S denn?“ fragte sie in einem typisch bayrischen Dialekt. Sie mochte etwa in Herberts Alter, vielleicht ein, zwei Jahre älter sein. Ihr entgegenkommendes Auftreten und ihre Wesensart vermittelten Herbert aber gleich das Gefühl, bei ihr in guten Händen zu sein.

Er musste sich jetzt auf die Schnelle irgendwas einfallen lassen:

„Tut mir leid, wenn ich so hereinplatz’, aber ich hab’ g’hört, dass da die Stelle eines Krankenpflegers frei ist? I kann mit

Menschen umgehen ... i mach auch was anderes ... i bin net arbeitsscheu." Die Dunkelhaarige warf Herbert einen erstaunten Blick zu. „Wie ... wer sagt denn so was?" Sie schaute Herbert fragend an. „Aber ... aber bevor wir überhaupt weiterreden, verraten Sie mir Ihren Namen ... bitte; und aus was für einer Ecke Sie kommen. Übrigens: I bin die Frau Steiger!"

„Herbert ... Herbert Pfisterer ... i komm' aus Kirchdorf in Oberösterreich", brachte er stockend hervor. „Ich bräuchte die Stelle wirklich ganz dringend", fügte er rasch hinzu. Frau Steiger blätterte in einem Ordner, dann fragte sie ohne aufzuschauen: „Wann ... wann könnten S denn anfangen?" Herbert zuckte mit den Schultern. Obwohl er hundemüde war, wollte er das jetzt nicht zeigen und fuhr sich verlegen mit der Hand durch sein dichtes, dunkelblondes Haar. „Sobald wie möglich ... von mir aus, heut' no'!", meinte er etwas verlegen. Die Frau sah ihn einen Moment sprachlos an. So etwas war ihr in ihrer langen Laufbahn als Sachbearbeiterin noch nie untergekommen. Sie überlegte kurz und sagte dann: „Entschuldigen S mi' einen Moment", und stand auf. Bevor sie das Büro verließ, meinte sie: „Versprechen kann i aber nix." Herbert blieb sitzen und hoffte nicht allzu aufdringlich gewesen zu sein.

Es dauerte nicht lange und Frau Steiger kam mit einem weiß gewandeten, freundlich lächelnden Mann zurück. „Karl ist unser Chefpfleger", sagte sie und legte freundschaftlich die Hand auf seine Schulter. „Ich habe ihm g'sagt, dass Sie sofort anfangen könnten. Er ist bereit, mit Ihnen den nötigen Papierkram so schnell es geht durchzugehen. Wenn alles klappt, steht einem sofortigen Arbeitsbeginn als Hilfspfleger an und für sich nichts im Weg."

Herbert fühlte sich mit einem Schlag wohler. Es war zwar nicht sein Traumberuf, aber eine Tätigkeit, die ihm gefiel. Eine Aufgabe, die all seine Intelligenz und Einfühlsamkeit abverlangte. Außerdem brauchte er dringend das Geld.

„Heißt das, ich hab' die Stelle?", fragte Herbert

Frau Steiger sagte mit wohlwollendem Blick. „Wir versuchen's einmal mit Ihna. Eines will ich Ihnen aber noch mit auf den Weg geben: Ordnung und Disziplin sind hier äußerst wichtig!"

Dann wurde sie durch das Klingeln des Telefons unterbrochen. Sie hatte den Hörer noch nicht ganz abgehoben und Herbert war gerade im Begriff, das Büro wieder zu verlassen, als ihm Frau Steiger nachrief: „Wo … wo sind S denn eigentlich unter'bracht?" Sie sah Herbert fragend an. „Am Ende der Straße, in einer kleinen, billigen Absteige!", antwortete Herbert. Nebenbei erwähnte er, dass er hoffe, dass das nur eine vorübergehende Lösung sein würde.

„Na ja, möglicherweise lässt sich da was machen. Ich kann mi ja amal umhören, aber wie g'sagt, versprechen kann ich nix", sagte sie und wandte sich endgültig dem Telefon zu.

„Wie auch immer, danke … danke für alles, was Sie für mich tun. Ich bin wirklich froh über Ihre Hilfe", murmelte Herbert. Er freute sich, dass man sich seinetwegen Mühe machte.

Zwei Wochen später, Herbert hatte gerade einen Krankentransport abgeliefert, wurde er von hinten angesprochen: „Na, wie geht s? Gibt's irgendwo Probleme?" Herbert wandte sich um. Frau Steiger war gerade im Begriff, mit einer Aktenmappe in der Hand, ein Zimmer zu betreten. Er schüttelte den Kopf. „Alles bestens. Danke noch mal für die freundliche Unterstützung!"

Es ging ihm tatsächlich seit seiner Anstellung deutlich besser. Er verdiente zwar als Hilfskrankenpfleger nicht gerade viel, aber das würde sich schon ändern. Die Hauptsache war, er hatte eine Arbeit – und was ganz wichtig war – diese Arbeit machte ihm Spaß.

Herbert schickte sich an, weiterzueilen, als ihn Frau Steiger bat, einen Moment zu warten.

„Ich hätte da einen Vorschlag: Sie könnten – bis Sie was g'scheits g'funden haben – in meine Wohnung ziehen. I selbst wohn' zurzeit im Haus meiner Eltern, die sich für längere Zeit im Ausland aufhalten. Also, wenn Sie bereit wären, die Wohnung samt meinem Zeug zu übernehmen, könnten S rein."

„Tja, das hört sich alles verlockend an … eine Wohnung für mich allein … das wär' schon was. Aber zurzeit kann ich mir das net leisten", meinte Herbert und seufzte.

„Aber ja, das geht schon in Ordnung. Sie geben mir halt nur das, was Sie auch für Ihr jetziges Quartier bezahlen", meinte Frau Steiger und nickte Herbert aufmunternd zu.

„Na ja, wenn das so ist“, sagte Herbert und hätte Frau Steiger am liebsten umarmt, so erleichtert war er. Stattdessen verabschiedete er sich mit der Begründung, dass man bereits auf der Station auf ihn warte.

Er war seinerzeit zwar schweren Herzens von daheim losgezogen, hatte alle Annehmlichkeiten hinter sich gelassen, aber einmal allein auf sich gestellt, fern von einer nervigen Bemutterung, genoss er jetzt seine Unabhängigkeit doppelt. Wie's aussah, meinte es zurzeit das Schicksal besonders gut mit ihm.

In seiner Freizeit führte ihn sein Weg des Öfteren raus aus der Stadt, raus aus dem Trubel im Krankenhaus.

Herbert war fünfundzwanzig, als er Walpurga in dem Lokal, in dem sie arbeitete, zum ersten Mal begegnete.

„Was darf's denn sein?“, wurde er eines Tages aus seinen Grübeleien aufgeschreckt. „Wie … was? Ach so …, ich hätte gerne einen Kaffee“, murmelte er, und begann umständlich am Verschluss seiner braunen Aktentasche herumzuhantieren. „Kommt gleich“, sagte Walpurga rasch und eilte in einen angrenzenden Raum. Walpurgas Natürlichkeit, ihr anmutiges Auftreten hatte Herbert seit seinem ersten Besuch in dem Lokal begeistert. Er verstand zwar nicht viel vom weiblichen Geschlecht. In all den Jahren zuvor hatte er keine Zeit Mädchenbekanntschaften zu machen, ganz zu schweigen sich intensiv um ein Mädchen zu bemühen. Walpurga war nach vielen Jahren die erste weibliche Person, zu der er sich auf Anhieb hingezogen fühlte.

Von nun an führte ihn sein Weg immer wieder in das Lokal, in dem Walpurga beschäftigt war. Er spielte oft mit dem Gedanken, sie einfach einmal zu fragen, ob sie bei Gelegenheit mit ihm ausgehen würde. Es fehlte ihm aber stets der Mut dazu. Trotzdem, er konnte den Gedanken an das Mädchen, das da in ständig in seinem Kopf herumschwirrte, nicht loswerden. Eines Tages, er traute seinen Ohren nicht, wurde er völlig unerwartet von Walpurga angesprochen: „Was is', warum starren S mich immer so an? Ich beobacht' Sie schon eine ganze Weile. Stimmt was nicht an mir?“ Walpurga sah Herbert lächelnd an. Ihr imponierte der gutaussehende, schüchterne junge Mann, den sie schon des Öfteren im Lokal sitzen gesehen hatte.

„Entschuldigung", murmelte Herbert und zuckte regelrecht zusammen. Er wusste momentan nicht, was er sagen sollte. Nahm aber jetzt allen Mut zusammen, setzte ein paar Mal an, bis er endlich mühselig die Frage über die Lippen brachte, die er schon eine Zeit lang mit sich herumschleppte: „Tschuldigung, hätten S' Lust … haben S net Lust, mit mir einmal ins Kino z' geh'n?"

Walpurga war auf diese Frage nicht gefasst. Sie schmunzelte und schwieg eine Weile. Ihr gefiel dieser junge Mann, der so viel ernster veranlagt war als die gleichaltrigen Typen, die ihr bisher untergekommen waren. „Komisch", dachte sie, „irgendwie hab' ich das Gefühl, diesen Menschen schon eine Ewigkeit zu kennen." Und weil sie außer ihrer Arbeitgeberin, deren Sohn Max, der stets gut gelaunten Bärbel und zwei weiteren Kolleginnen sowieso niemanden kannte, entschloss sie sich ohne weiter zu überlegen, Herberts Einladung anzunehmen. Sie blickte Herbert kurz in die Augen und meinte dann: „Warum eigentlich nicht?"

Die beiden verabredeten sich für einen der nächsten Abende. Es wurde ein vergnügter Abend. Sie lachten viel und plauderten lebhaft über alles Mögliche.

In den drauffolgenden Wochen trafen sie sich öfter. Wenn das Wetter danach war, unternahmen sie mit ausgeliehenen Fahrrädern einen Ausflug ins Grüne. Meistens war ihr Ziel eine kleine Kapelle, die am Rand eines Waldes stand. Dort, in einer malerischen Umgebung, machten sie Rast und verspeisten in der wohlig wärmenden Herbstsonne einen von ihren mitgebrachten Äpfeln. An diesem Stückchen abgelegener Erde waren nur Friede und Zufriedenheit zu spüren. Walpurga genoss die fernab von irgendwelchen Problemen unbeschwerten Stunden. Sie fühlte sich sorgenfrei, wie seit ewigen Zeiten nicht mehr.

Einmal streichelte Herbert Walpurga liebevoll über die Wange und lächelte. „Du bist auf einmal so nachdenklich geworden."

Walpurga, ganz in Gedanken, plötzlich so direkt angesprochen, errötete.

„Oh, entschuldige bitte, ich will dich bestimmt nicht bedrängen, aber ich hab' das Gefühl, dass ganz tief in dir etwas vergraben ist, über das du net gern' reden willst", bohrte Herbert weiter.

„So, findest du“, sagte Walpurga etwas verlegen. Bisher hatte sie es immer verstanden, geschickt seinen Fragen bezüglich ihres Elternhauses auszuweichen. Nicht, dass sie kein Vertrauen zu ihm hatte. Herbert war stets liebenswürdig und zurückhaltend, aber seine Fragerei war ihr jetzt doch irgendwie peinlich.

Walpurgas skeptischer Blick sagte Herbert, dass sie überlegte, was sie antworten sollte.

Es war ihr nämlich äußerst peinlich, über Dinge zu reden, die sie zum Teil verdrängt hatte oder verdrängen wollte. Aber dann entschloss sie sich zur vollen Offenheit und fing an zu erzählen.

Sie erzählte von ihrer einsamen Kindheit ... ihrer unterdrückten Mutter, die nie wirklich hinter ihr gestanden hatte ... ihrer jüngeren, boshaften Halbschwester Marianne, die ihr das Leben zur Hölle gemacht hatte. Sie erzählte Herbert von ihrem perversen Stiefvater, dessen Gehabe sie seit Längerem abstoßend gefunden hatte.

„I hab’ diese Zeit damals einfach nur gehasst“, seufzte Walpurga.

Nach ein paar Denksekunden redete sie weiter: „Übrigens, hab’ i eigentlich erwähnt, dass i nie eine Freundin hatte; keine haben durfte? Es wurde mir nämlich net erlaubt, mit anderen Leuten zu verkehren, geschweige denn, irgendjemand mit nach Haus zu bringen. I glaub’, die anderen hielten mich ab und zu für verklemmt, weil i ihnen nie erklären konnte, warum ich sie net zu mir nach Hause mitnahm.“

Erst als sie von ihrer Tätigkeit bei Rechtsanwalt Dr. Beierl zu erzählen begann, blühte Walpurga förmlich auf; dann fingen ihre Augen an zu leuchten.

„Mit meiner Mutter über all das zu reden hab’ ich erst gar nicht versucht, die steht vollkommen unter der Fuchtel meines Stiefvaters. Ich empfand ihr gegenüber beinahe schon so etwas wie Hass. Aber es war eben so, dass sie mit ihm zusammenleben musste, da wollte i ihr das Leben nicht noch schwerer machen.“ Nach einer kurzen Pause fuhr Walpurga fort: „Soweit i’ mich erinnere, hab ich mit niemandem außer mit meiner Taufpatin über all das reden können. Ich hatte dieses Leben schon lang’, lang’ gründlich satt. Ich war öfters nah’ dran, irgendwas Unüberlegtes zu tun“, beendete Walpurga ihre Erzählung.

Herbert hörte fassungslos zu, nahm nur ab und zu einen Schluck aus seinem Glas. Nachdem er eine Weile in die Luft gestarrt hatte, zog er die Brauen hoch und meinte: „Ich will's einfach net glauben, was du mir da erzählt hast." Er war ehrlich erschüttert über all das, was er da zu hören bekam. Er betrachtete Walpurga mit einer todernsten Miene, nahm ihre Hand und legte sie in seine.

„Du bist wirklich etwas ganz Besonderes, weißt du das? Noch so jung und doch schon so ... erwachsen." Er schaute Walpurga einfühlsam an.

Walpurga lächelte. Sie wusste selbst nicht, wie bitter es wirkte:

„Was bleibt mir ander's über."

Zwischen den beiden entwickelte sich in der Folge eine liebevolle, ernst gemeinte Beziehung. Sie genossen die gemeinsamen Stunden, die sie öfters abwechselnd in Walpurgas oder Herberts Unterkunft verbrachten.

Danach, als sich das Jahr dem Ende zuneigte, wollte Walpurga eines Tages von Herbert wissen:

„Was machst d' eigentlich zu Weihnachten?" Für den Bruchteil einer Sekunde zögerte Herbert, dann sagte er:

„I werd' wahrscheinlich einen Urlaub machen."

Walpurga nahm einen Schluck aus ihrer Kaffeetasse, bevor sie weiterfragte:

„Und ... was machst da?" Herbert schwieg eine Weile, räusperte sich und sagte etwas verlegen:

„Eigentlich wollte ich ham fahren; sofern alles so klappt, wie ich's mir vorstell'." Er begründete es damit, dass der letzte Brief seiner Mutter etwas beunruhigend geklungen hatte und er die Weihnachtsfeiertage gerne mit ihr verbringen möchte. Nachdenklich meinte er: „I glaub', dass sie ziemlich einsam is'." Nach einer Weile fuhr er fort:

„Für mich gibt's ja kan Zweifel, dass sie an mir hängt; ich bin auch dankbar für alles, was sie für mich getan hat. Aber ihr übertriebenes Bemuttern war in letzter Zeit schon ziemlich nervtötend." Leise fügte er hinzu: „Trotzdem, ich fühle mich halt verpflichtet, es ihr irgendwie z'rückzuzahlen."

„Na ja, wenn des so is, musst du halt hin zu ihr", meinte Walpurga bedrückt.

„Versetz di doch einmal in mei' Situation, i bin sicher, du würdest genauso handeln", sagte Herbert nachdenklich. Einen Moment starrte Walpurga sprachlos zu ihm hin.

„Du … du kommst doch wieder. I hab's gar net gern, wenn du wegfährst und mi allein' zurücklässt", sagte sie leise. Die Vorstellung, dass Herbert ihr Leben wieder verlassen könnte, gefiel ihr ganz und gar nicht.

„I hab Angst", sagte Walpurga ganz offen.

„Angst? Wovor denn?" Herbert sah sie fragend an und legte seine Hände um ihr Gesicht.

„Davor, dass du net zurückkommst."

„Aber geh, Spatzerl, ich kann mir net denken, mi von dir zu trennen, aber es geht einfach net anders. Mach net so a trauriges G'sicht, klar komme i wieder", meinte Herbert schmunzelnd.

„Und du, was wirst du zu Weihnachten tun?", fragte er nach einer Weile Walpurga. Er sah sie erwartungsvoll an. Nachdenklich betrachtete sie ihre Fingernägel, dann landete ihr Blick wieder bei Herbert.

„Offen gestanden hab' ich mir darüber noch gar keine Gedanken g'macht. Am liebsten würd' i' dableiben." Sie hatte wirklich nicht die geringste Lust, nach Hause zu fahren. „Ich fühle mi' hier ganz wohl. Außerdem: Zu Haus' is' man eh nur da, wo man akzeptiert wird", bemerkte Walpurga mit Nachdruck. „Und da, da fühl i mi akzeptiert. Die daham werden sicher net traurig sein, wenn i net komm'; die hab'n eh ihr Nestscheißerl Marianne. Aber reden wir net von meinen Familienbanden", sagte sie, während sie Herbert durch einen Tränenschleier anschaute.

Herbert nickte verständnisvoll. Er verstand, dass sie keine Lust hatte, an den Ort, an dem sie an schwierige Erlebnisse aus ihrer Vergangenheit erinnert wurde, zu sein.

Herbert überlegte hin und her, wie er Walpurga seine plötzlich aufkeimende Idee schmackhaft machen könnte. „Irgendwie hast ja recht, aber … aber hör mal, komm doch einfach mit mir mit. Was hältst davon?"

Walpurga starrte Herbert ungläubig an. Auf den Gedanken, dass er sie mitnehmen könnte, wäre sie nie gekommen. Liebend gern würde sie seinen Vorschlag annehmen und mit ihm fahren, trotzdem hatte er sie mit dieser Frage jetzt doch ein wenig überrumpelt. „Na, wie ist es, willst du mitkommen?“ Gespannt wartete Herbert auf eine Antwort. Walpurga überlegte hin und her und sagte dann:

„Du weißt ja gar net, ob's deiner Mutter recht is'. Sicher wär' es ihr lieber, dich ein bisserl für sich allein zu haben.“

„Aber geh“, Herbert hob die Augenbrauen, sodass sich seine Stirn in Falten legte und er plötzlich sehr ernst wirkte. „Was macht di da so sicher? Das lass mal mei' Sorg' sei. Wo is' noch mal das Telefon?“ „Gleich neben der Eingangstür“, sagte Walpurga. Da er gewohnt war, spontane Entschlüsse zu treffen, lief er zum Telefon und wählte die Nummer seiner Mutter. Nach mehrmaligem Klingeln meldete sich am anderen Ende der Leitung endlich eine kaum vernehmbare Frauenstimme:

„Ja … da is' Ida Pfisterer.“

„Hallo, i bin's, da Herbert. Wie geht's dir, Mama?“ In der Leitung war es totenstill.

„Wer … wer is' dort …?“, wollte Ida wissen.

Herbert versuchte es nach ein paar Sekunden noch einmal, diesmal mit etwas lauterer Stimme. „Da is der Herbert!“ Er erklärte seiner Mutter in kurzen Worten, dass er bei seinem kommenden Besuch eine gute Freundin mitbringen möchte. Dann holte er tief Luft und sagte: „I glaub' … i glaub', i hab' die Frau fürs Leben g'funden.“ Behutsam versuchte Herbert seiner Mutter klar zu machen, dass es ihm wirklich ernst damit war.

Für einen kurzen Moment herrschte am anderen Ende der Leitung Schweigen; Ida war mehr entsetzt als erfreut. Es dauerte eine ganze Weile, bis sie kaum hörbar seufzte:

„Was … was bleibt mir denn anderes über, als damit einverstanden zu sein?“

„Na ja, eigentlich nix“, dachte Herbert zu sich.

„Alles Weitere erzähl i dir, wenn wir uns seh'n, i will das net am Telefon erörtern.“

Gleich darauf beendete er das Gespräch.

„Schön und gut. Das wäre auch geklärt“, sagte Herbert. Walpurga schaute ihn neugierig an. „Und … und was sagt sie?“ „Sie g’freit sie“ murmelte Herbert, vermied aber dabei mit Walpurga einen Blickkontakt.

Seitdem er vor nicht ganz einem Jahr von zu Hause weggegangen war, hatte er seine Mutter nicht gesehen; nur mit ihr hin und wieder telefoniert. In ihren Briefen hatte sie zwar Herbert immer wieder angebettelt:

„Bua, kumm ham, i vermiss die!“ Obwohl Herbert ab und zu fest die Absicht hatte, der Aufforderung nachzukommen, hatte er es aus irgendeinem Grund dann doch immer wieder hinausgeschoben. Jetzt wollte er sein Vorhaben aber endlich in die Tat umsetzen.

An einem teils bewölkten Freitag war es so weit und Herbert verabschiedete sich von Frau Steiger und seinen Kollegen.

Gemeinsam mit Walpurga – der man freundlicherweise kurzfristig einen vierzehntägigen Urlaub genehmigt hatte – fuhr Herbert in den Ort, in dem er aufgewachsen war; in dem er irgendwann einmal zusammen mit Walpurga leben wollte.

Während der Zugfahrt machte sich Herbert heftige Vorwürfe, dass er sein Vorhaben – trotz eindringlicher Bitte seiner Mutter – immer wieder vor sich hergeschoben hatte.

Als sie sich dem Heimatort näherten, war trotz manchen Unstimmigkeiten zwischen seiner Mutter und ihm eine gewisse Wiedersehensvorfreude nicht zu übersehen.

Bei ihrer Ankunft am Bahnhof umarmte Herbert seine Mutter und küsste sie auf beide Wangen. Auf einmal schlug Mutter Ida die Hände entsetzt über dem Kopf zusammen:

„Lieber Himmel, Junge, wie schaust du denn aus? Nur no’ Haut und Knochen! … Und so blass! … So schmal. Isst du denn nix Ordentlich’s da draußen?“

„Ah was, mir fehlt nix“, murmelte Herbert vor sich hin. „Ein bisserl müd’ bin i halt, das is’ alles. Übrigens, des is’ …“ er wandte sich um und nahm die im Hintergrund wartende Walpurga bei der Hand. „Derf ich bekannt machen, des is’ Walpurga, von der i da am Telefon erzählt hab’!“

„Aha!“, sagte Ida kühl und musterte Walpurga mit strengem Blick. Für sie war es ein bitterer Moment mit anzusehen, dass auf einmal eine andere Frau da war, die ihr vielleicht ihren Sohn abspenstig machen würde.

„Da schenkt ma' an Kind des Leb'n", dachte sie zu sich, „… zieht's auf … hat so manche Entbehrung, und … und eines Tag's landet ma auf'm Abstellg'leis."

Walpurga blickte Hilfe suchend zu Herbert. Sie hatte Idas feindselige Haltung ihr gegenüber sofort erkannt. Obwohl sie wusste, dass es für Herberts Mutter nicht einfach war, plötzlich erkennen zu müssen, dass sie eines Tages ihren Sohn mit einer anderen Frau teilen musste, war sie froh, dass geplant war, gleich nach den Feiertagen wieder zurück nach München zu fahren. (Hätte Walpurga gewusst, was alles auf sie zukommen würde, hätte sie sich vermutlich dagegen gesträubt, mitzukommen.)

Walpurgas Aufenthalt im Haus Pfisterer veränderte in Idas Augen alles. Sie fühlte sich überflüssig und zweitrangig. Obwohl sich Walpurga mit viel Geduld bemühte, ein besseres Verhältnis zu Herberts Mutter zu bekommen, wurde sie von ihr stets kühl und wie ein Eindringling behandelt. Fast bereute sie es schon wieder, dass sie mitgekommen war.

Von Tag zu Tag wurde es Walpurga schwerer, die grantige Art von Herberts Mutter ihr gegenüber zu ertragen. Sie sehnte sich fort, weit fort von diesem Haus, in dem ihr nur Feindseligkeit entgegengebracht wurde. Eines Tages verlor Walpurga die Beherrschung. Tränenüberströmt klagte sie am Abend Herbert ihr Leid:

„I will z'rück nach München", schluchzte sie. Sie schlang beide Arme um seinen Hals. „Du hast keine Ahnung, wie unglücklich i bin." Herbert zog die Augenbrauen hoch und kramte in seiner Hosentasche nach einem Taschentuch. Behutsam wischte er Walpurga die Tränen ab.

„Aber geh, die Mama mant's bestimmt net so. Sie is halt allane, des musst versteh'n. Die paar Tag' vergehn eh schnell."

„Ja, schon, trotzdem …", murmelte Walpurga und wischte sich mit der Hand die letzten Tränen vom G'sicht. Trotz Herberts tröstender Worte kam ihr jeder weitere Tag im Haus Pfisterer wie eine Ewigkeit vor.

Dann, nachdem die Weihnachtsfeiertage vorbei waren, saßen die beiden wieder im Zug, der nach München unterwegs war.

Zwei Tage später hatte sie der ganz normale Alltag wieder fest im Griff: Walpurga arbeitete wie gewohnt in der Pension Hauser. Es war alles so, wie sie's gewöhnt war, und sie dachte schon bald nicht mehr an den Aufenthalt bei Herberts Mutter – und wie unglücklich sie da gewesen war.

Herbert seinerseits brachte wie gewohnt die Patienten von deren Station zu den Untersuchungen und – wenn sich's ergab – wieder zurück. Ab und zu traf er Frau Steiger, die stets ein paar freundliche Worte für ihn parat hatte. So auch, als Herbert gerade einen Lehnstuhl mit einem älteren Mann vor sich herschob.

„Na, gut erholt vom Heimaturlaub z'rück?"

„Na ja, wie man's nimmt!", antwortete Herbert etwas kurz angebunden und eilte weiter.

Es war Anfang März, als Walpurga seit einigen Tagen ein richtiggehendes Schwächegefühl hatte. Als sie in leiser Vorahnung einen ihr empfohlenen Arzt aufsuchte, wurde ihr Verdacht bestätigt. Nach einer gründlichen Untersuchung sagte Dr. Ebner schmunzelnd: „Liebes Kind, herzlichen Glückwunsch! Sie san in der vierten Woche schwanger. So wie's ausschaut, ist alles in schönster Ordnung. Ich würde mich freuen, wenn S von Zeit zu Zeit vorbeikämen, damit ich den Ablauf kontrollieren kann." Während er Walpurga verabschiedete, meinte der Arzt mit hochgezogenen Brauen: „Aber … aber so wie S dreinschauen, sind S gar net begeistert?" Walpurga zog unbehaglich die Schultern ein wenig hoch. „Doch", murmelte sie, „es is' nur etwas unerwartet", und dann wandte sie sich mit einem tiefen Seufzer langsam der Tür zu.

Nachdenklich, versehen mit einigen guten Ratschlägen und einem gemischten Bauchgefühl, verließ sie die Arztpraxis. Sie wusste im Moment nicht, wie Herbert auf diese Nachricht reagieren würde. Außerdem hatte sie selber mit so was überhaupt nicht gerechnet.

Dass ihre zweifelnden Gedanken unnötig waren, erfuhr Walpurga, als sie Herbert etwas unbeholfen mitteilte, dass sie in ein paar Monaten zu dritt wären.

Herbert seinerseits freute sich wie ein kleines Kind vor einem Märchenwunder. „Komm' her, meine kleine Große." Er zog Walpurga in seine Arme und küsste sie stürmisch. Sie seufzte und schmiegte sich an Herbert. „I bin so froh, dass i di hab'. Bist du wirklich net enttäuscht?“

„Was für a Unsinn“, lachte Herbert. „Du brauchst dir wirklich keine Gedanken machen. Jetzt werden wir so bald wie möglich heiraten und … und zurück nach Österreich gehen. Bei uns im Haus ist Platz g'nug für alle!“

Walpurgas Haare sträubten sich bei dem Gedanken, mit Herberts Mutter unter einem Dach wohnen zu müssen. „Du manst also, das Z'ammenleben mit deiner Mutter is' die ideale Lösung?“, fragte sie zaghaft und malte sich in Gedanken aus, was da alles auf sie zukommen würde. Herberts zuversichtliche Worte brachten sie in die Wirklichkeit zurück: „A was, du wirst sehn, wenn erst das Kind da is', wird sich vieles ändern.“

„I waß net … Das kann so sei', aber a net“, sagte Walpurga mehr zu sich.

Sie hatten ein paar gute Freunde, mit denen sie sich hin und wieder zu einem Plausch trafen. Als bei so einem Treffen einmal Walpurga und Herbert von ihrer bevorstehenden Heirat erzählten, stießen sie vorerst auf Erstaunen. Als sie dann auch noch erwähnten, das ohne irgendeinen Elternteil zu tun, platzte es aus Maria heraus: „Aber … aber das kann doch net eurer Ernst sei'!“ Dann wandte sie sich Walpurga zu: „Bist du denn von allen guten Geistern verlassen? Walpurga, das kannst do net machen. Deine Eltern wären bestimmt außer sich.“ Mit hochgezogenen Augenbrauen meinte sie noch: „Du scheinst überhaupt mit deinen Leuten keinen guten Kontakt zu haben. Du red'st nie von ihnen … sie besuchen dich nie …“

Walpurga schickte einen vielsagenden Blick zu Herbert. Jeder wusste vom anderen, was er dachte.

„Offen gestanden bin i ma da gar net so sicher, ob sie überhaupt kommen täten.“ Zu ihrer Überraschung war es jetzt für Walpurga nicht schwer, über ihre familiären Probleme zu reden.

„I werd' euch jetzt was sagen, was bisher kaner wass' und das a außer euch kaner z' wissen braucht.“ Dann erzählte Walpurga ausführlich von ihrem freudlosen Dasein in ihrer Familie. Sie redete, ohne einmal eine Pause einzulegen. Als sie mit ihrer Schilderung fertig war, blieb es eine Weile still. Dann sagte

Maria verlegen: „Mein Gott, das ist ja furchtbar! Wir hatten ja von all dem keine Ahnung."

„Und no etwas is", Walpurga warf wiederum Herbert einen verlegenen Blick zu, „i … i bin schwanger!"

Ende Mai fasste Walpurga den Entschluss, ihrer Mutter ihr Vorhaben, zu heiraten, mitzuteilen.

„Wir werden's aber vorläufig nur standesamtlich, mit unseren Beiständen tun. Vielleicht gibt's irgendwann eine kirchliche … i weiß's es no net so genau. Vorläufig – bis wir was G'scheits g'funden haben, werden wir in Herberts derzeitiger Unterkunft wohnen. Übrigens: Du wirst Oma!"

Der achte Juni war ein Samstag, an dem Walpurga und Herbert ohne Beisein der Eltern sich am Standesamt von München das Jawort gaben. Walpurga hatte bei ihrer Trauung ein einfaches, cremefarbenes Kleid, Herbert einen von einem Arbeitskollegen geborgten Anzug an.

Am Vorabend arrangierten Freunde in der Pension Hauser ein fröhliches Beisammensein für die beiden. Es war ein unbeschwerter Abend, und Walpurga dachte im Traum nicht daran, dass irgendetwas ihr Glück trüben könnte.

Eines Tages erhielt Walpurga einen Brief von ihrer Mutter, der sie ziemlich nachdenklich stimmte. Darin teilte ihr Mathilde mit, dass sie jetzt Karls ständige Eskapaden satthabe und sich von ihm scheiden lassen wolle.

„I hab mi schon mit Dr. Beierl in Verbindung gesetzt. Er wird mir zu gegebener Zeit mit Rat und Tat beisteh'n." Weiteres schrieb sie: „Du wirst es net glaub'n, Walpurga, aber Marianne ist zurzeit ziemlich zerknirscht. I glaub', dass es ihr leidtut, dass sie di damals so mies behandelt hat."

„Wär' schön, wenn's so wär'", dachte Walpurga und überlegte, was sie jetzt tun sollte.

Herbert, der kurz darauf zu der Tür' reinkam, sah Walpurga nachdenklich zum Fenster rausschauen. „Is was passiert?", wollte er besorgt wissen.

Wortlos hielt ihm Walpurga den Brief hin. Nachdem er ihn aufmerksam gelesen hatte, dachte er: „A des no … kaum glaubt ma, dass halbwegs Ruhe eing'kehrt is', gibt's schon wieder Schwierigkeiten!"

„Und … was manst soll i jetzt machen?", erkundigte sich Walpurga.

„I hab keine Ahnung", sagte Herbert. „Es wird dir aber halt nix anders überbleiben, als hinz'fahren. Aber dir is' schon klar, dass da alte Wunden wieder aufbrechen werden."

„D'rüber hab i scho'a nachdenkt. Du manst also, i sollte zu meiner Mutter hinfahr'n?", fragte Walpurga unsicher und war ein wenig ängstlich vor dem, was da alles auf sie wieder zukommen könnte.

„Wann hast d deine Mutter eigentlich das letzte Mal g'sehen?", fragte Herbert.

Walpurga murmelte, vor sich hingrübelnd: „Das war, das war …, ehrlich gesagt, i waß's es net so genau."

Am Bahnhof in Kremsmünster wurde Walpurga von Marianne abgeholt. Bei der Begrüßung wusste keine der beiden so recht, wie sie sich verhalten sollte.

Plötzlich umarmte Marianne Walpurga und küsste sie auf beide Wangen. „Du schaust fantastisch aus. Tut ma übrigens echt leid, dass i di damals …, na, du weißt schon. I war wirklich eine blöde Gans!", flüsterte Marianne. Tiefe Schamröte stieg ihr ins Gesicht.

„Du schaust aber net weniger gut aus, klane Schwester. Richtig erwachsen bist g'worden." Walpurga lächelte Marianne liebevoll an.

Marianne nahm Walpurgas Koffer, und sie verließen den Bahnsteig. Arm in Arm überquerten sie den Bahnhofvorplatz und gingen auf die andere Straßenseite. An einem Baum gelehnt, stand ein altes Damenfahrrad. Nachdem Walpurgas Gepäck am Gepäckstrager verstaut war, legten sie die restlichen Meter zu Fuß zurück.

Während sie so dahin marschierten, sagte Walpurga zu Marianne: „Jetzt erzähl mal, was ist eigentlich los bei euch?"

„Des waß i selber net so genau", sagte Marianne. „I seh' nur, dass Mama immer heult ... Des sagt eigentlich eh alles!"

„Schrecklich, was dieser Scheißkerl ang'richtet hat ... Tschuldigung, dass i so von deinem Vater red', aber es is so", sagte Walpurga mit einer gewissen Schärfe in der Stimme.

Daheim angekommen, begrüßte Mathilde Walpurga mit müder Stimme:

„Schön, di wieder zu sehen, Madl." Walpurga umarmte ihre Mutter. „Ach, Mama, du ahnst net, wie oft i an di denkt hab ..." sagte sie, als sie ihre Mutter festhielt.

Dann erzählte Mathilde, wie Karl sie tyrannisierte: „Diese arrogante Art ... dieses sich immer selbst in den Mittelpunkt stell'n ... I hab des all's so satt ... i bin fix und fertig", beendete Mathilde resigniert ihren Kommentar.

„I ... i hab's g'wusst, dass es irgendwann so kommt", sagte Walpurga. „Und wie denkst du dir das jetzt weiter?", fragte Walpurga.

„I ..."

Gerade als Mathilde weiterreden wollte, wurde die Eingangstür aufgesperrt, und Karl kam bei der Tür' rein. Mathilde zuckte sichtlich zusammen. „Ach du lieber Gott!", murmelte sie und hob erschrocken die Hand zum Mund.

Nachdem Karl die Situation übersehen hatte, grinste er hämisch: „Na, wen haben wir denn da? ... Nett, dass du di a wieder mal blicken lässt. I nehm aber an, dass es nur a Kurzbesuch is'!" Kein freundlicher Blick, keine Geste einer Begrüßung. Walpurga war einen Moment sprachlos. Sie glaubte nicht recht gehört zu haben und ärgerte sich. „Das könnt' da so passen. Jetzt ist Schluss mit deinem beleidigendem Gehabe!", konnte sie sich dann nicht verkneifen zu sagen. Sie starrte ihren Stiefvater mit zornigen Augen an. „I lass' die Mama jetzt net allane, scho gar net mit dir."

„I seh' schon, du bist auf Krach aus", bemerkte Karl und grinste höhnisch.

„Es fallt man net im Traum ein, mit dir zu streiten und dei dämliches Grinsen wird dir scho' no vergeh'!", sagte Walpurga voller Verachtung.

Tags darauf begleitete Walpurga ihre Mutter zur Kanzlei von Dr. Beierl.

„Das darf doch nicht wahr sein! Das Fräulein Walpurga. Wie geht es Ihnen?", fragte er und deutete auf einen leeren Sessel.

Lächelnd erwiderte sie: „Mir und meinem Mann geht's ausgezeichnet. Aber der Mama ..." Dr. Beierl sah sie ein wenig verwundert an. „Na so was, Sie haben geheiratet? Das sind ja großartige Neuigkeiten!"

„Ja, aber nur standesamtlich und im ganz kleinen Rahmen, ganz ohne Tamtam; nicht einmal die Eltern waren dabei. Aber ich hab' ein Bild mit!"

Der Anwalt betrachtete das Foto eingehend. „Er scheint ein netter Mensch zu sein, Frau Walpurga. Mit dem werden S bestimmt gut fahren. Viel, viel Glück!"

„Na, ja", setzte er – nachdem er Walpurga eine Weile gemustert hatte – das Gespräch fort: „Der Ehestand scheint Ihnen aber gut zu bekommen, Sie sind rundlicher geworden; steht Ihnen aber nicht schlecht." Walpurga wurde rot und lächelte geheimnisvoll. „Ach, das ... das ändert sich hoffentlich wieder." Dr. Beierl merkte, dass Walpurga nicht näher darüber reden mochte, und wechselte rasch das Thema. „Übrigens, wo wohnen Sie denn jetzt?"

„Außerhalb von München. Ich arbeite dort in einer Pension", sagte Walpurga. „So, so, haben S Ihnan erlernten Beruf an den Nagel g'hängt? Na ja, wie auch immer, ich wünsch' Ihnen alles Glück der Welt, verdient hätten S 's", bemerkte der Anwalt und griff nach einem Ordner.

Dann wandte er sich an Mathilde. „Wären Sie bereit, Frau Binder, das, was Sie mir kürzlich erzählt haben, vor Gericht zu wiederholen; wenn ich Sie darum bitten würde?"

„Ja, schon, nur ..." Dann erzählte sie Dr. Beierl von ihrer letzten Auseinandersetzung mit Karl und wie er ihr gedroht hatte, dass er sie ruinieren würde, sollte sie in Richtung Scheidung etwas unternehmen.

„Überlassen Sie das nur ruhig dem Gericht. Was mich betrifft ... ich werde mein Bestes tun. Wir haben ... das heißt, Sie haben nicht das Geringste zu befürchten", beruhigte Dr. Beierl Mathilde.

Und so war es dann auch: Zwei Wochen später wurde die Ehe der Binder aufgrund alleiniger Schuld von Karl geschieden.

Nachdem sich die Wogen halbwegs geglättet hatten und Karl ausgezogen war, begleitete Mathilde an einem regnerischen Donnerstag Walpurga zum Bahnhof. Sie sah ihrer Tochter zu, wie sie in den Eilzug nach München einstieg und in der zweiten Klasse Platz nahm. Walpurga öffnete das Fenster und rief ihrer Mutter, während sich der Zug langsam in Bewegung setzte, zu: „Pass auf di auf und denk an die Zeit, die vor dir liegt!"

„Na ja", murmelte Mathilde mit Tränen in den Augen, „wollen mal seh'n … Hauptsach', Karl kann mi nimmer zur Weißglut bringen! Mach dir wegen mir keine Gedanken."

„I … i ruf die an, wenn i angekommen bin!", versprach Walpurga, dann beschleunigte der Zug sein Tempo.

In München wieder angekommen, wurde sie von Herbert schon sehnsüchtig erwartet. Er ergriff ihre Hand und fragte mit besorgtem Blick: „Na, wie war 's"?

Walpurga seufzte. Zum ersten Mal seit vielen Monaten stiegen ihr Tränen in die Augen. Mit nachdenklicher Miene meinte sie: „Es war eine ziemlich harte Zeit für Mama, aber die is' ja jetzt hoffentlich vorbei." Dann erzählte sie Herbert ausführlich, was sich alles zugetragen hatte.

Als Herbert eines Tages nach Dienstschluss in den Umkleideraum kam, fand er an der Tür seines Spinds einen Zettel geheftet: „Frau Steiger erwartet Sie im Büro."

Mit miesem Gefühl in der Magengrube fuhr Herbert mit dem Aufzug in den zweiten Stock hinauf und marschierte in Richtung Personalbüro. Als er grade im Begriff war anzuklopfen, ging die Tür auf und Frau Steiger kam heraus. „Da sind S ja, ich wart eh scho' auf eana! Gehen S rein, i komm gleich." Sie drehte sich rasch um und eilte davon.

Nachdem sie nach ein paar Minuten wieder erschienen war, bat sie Herbert Platz zu nehmen. „Um's kurz zu machen, ich will mit Ihna über etwas reden, das Sie vielleicht interessieren wird."

„Was gibt's denn so Wichtiges?", wollte Herbert gespannt wissen. Frau Steiger erzählte ihm in kurzen Sätzen, was ihr kürzlich ein Patient anvertraut hatte. Sie erzählte Herbert, dass im benachbarten Salzburg eine Chance für ihn wär' … eine Chance, die so bald nicht wieder kommen würde: Ein Schuhmachermeister, mit beachtlichem Kundenstamm, suchte aus Altersgründen für seinen Laden einen Nachfolger.

Da sie Herberts Werdegang kannte, fragte sie ihn: „Hätten S net Lust, sich das einmal anzuschauen?"

Aufmerksam hörte Herbert seiner Gönnerin zu. Anschließend herrschte einen Augenblick Stille. Nach ein paar Sekunden stammelte Herbert: „Klingt großartig, i weiß wirklich net, was i dazu sagen soll. Das kommt jetzt ein wenig plötzlich. Da müsste ich erst mit meiner … Walpurga reden." Herbert fiel es immer noch schwer, „meine Frau" zu sagen.

Frau Steiger lächelte: „Mir an Ihrer Stelle würde es vermutlich genauso gehen. Aber wie g'sagt, so eine Gelegenheit kommt so schnell net wieder. Überlegen S net zu lang, denn i hab mich für eana stark ins Zeug g'legt. Wenn S nix dergleichen tun, tät des schön blöd für mich ausschauen." Herbert dachte jetzt daran, dass sich in solchen Zufällen vielleicht wirklich ein Wink des Schicksals verbarg.

Am Abend berichtete er Walpurga, was ihm Frau Steiger erzählt hatte. „Was soll i nur machen, Walpurga? Reizen tät's mi scho, 's wär' die Erfüllung meiner Träume, aber … aber i will des net allane entscheiden."

„Menschenskind, Herbert, du bist doch so tüchtig. I glaub', du würdest dir nie verzeih'n, wenn du dir deinen Traum net … neue Ideen verwirklichst", redete Walpurga auf ihren Mann ein.

„Ist das wirklich dei ehrliche Meinung?", fragte Herbert.

Walpurga antwortete lebhaft: „So sicher, wie nach Sonntag der Montag kommt. Lass dir halt alles gründlich durch den Kopf gehen!"

Beiden war klar, dass baldigst eine Entscheidung gefällt werden musste. Und Walpurga wusste insgeheim schon, wie sie ausfallen würde. Sie hatte natürlich keine bestimmte Vorstellung, was da alles auf sie zukommen würde, aber sie war überzeugt, dass es einen Versuch allemal wert wäre.

So kam es, dass Walpurga und Herbert nach eingehenden Gesprächen mit ihren Vorgesetzten zwei Monate später am Rand von Salzburg in einem großen, Villa ähnlichen Privathaus im ersten Stock eine Wohnung mit Balkon bezogen.

Die Eigentümerin, Frau Ziegler, eine ältere, einsame Witwe, beobachtete den Einzug mit Argusaugen. „I hoff, es is alles in Ordnung … ruft mi halt, wenn was is'", sagte sie, als sie im Stiegenaufgang auf Herbert stieß.

Herbert und Walpurga schafften es in kurzer Zeit, sich in der geräumigen Wohnung häuslich einzurichten.

Bei klarem Wetter konnten sie vom Holzbalkon aus einen malerischen Blick auf den Untersberg genießen. Unweit der Villa schimmerte durch das Grün der Bäume ein kleiner See.

„Is es da net traumhaft schön – oder was manst du, Herbert?", fragte Walpurga aufgeregt und deutete mit ausgestrecktem Arm zum Fenster raus.

„Tja schon, aber ziemlich abgelegen. Glaubst net, dass du da recht einsam sein wirst?", fragte Herbert nachdenklich.

„A wo", beharrte Walpurga, während sie versonnen die Hand auf ihren Bauch legte.

„I kann ma scho' denk'n, was in dir vorgeht. Aber i glaub', du stellst dir alles viel zu einfach vor", fuhr Herbert nachdenklich fort.

Die Zeit, die danach kam, brachte Veränderung an Walpurgas Körper. Sie legte erschreckend an Gewicht zu, sodass jedermann glauben musste, dass sie kurz vor der Niederkunft war; obwohl bis zum tatsächlich errechneten Termin noch einige Monate hin waren.

Um sich zu vergewissern, dass nichts Unvorhergesehenes auftrat, suchte Walpurga Frau Zieglers Hausarzt auf, der sie zum Gynäkologen, Dr. Mader, schickte. Der stellte jedoch fest, dass die Lage und der Herzschlag des Babys völlig normal waren. Während sich Dr. Mader anschließend die Hände wusch, meinte er schmunzelnd:

„Meine Liebe, essen S g'zielter, sonst gibt's bei der Geburt Schwierigkeiten."

Vier Monate später gebar Walpurga ohne weitere Probleme ihre Tochter Ana. Es war ein kleines, zartes Kind, das ihr kaum

Mühe machte. Ein Kind, das seinem Vater wie aus dem Gesicht geschnitten war.

Einen Tag nach der Geburt – Herbert wollte gerade das Haus verlassen – traf er unerwartet auf Frau Ziegler.

„Gut, dass i Ihna treff'. Haben S eigentlich scho' eine Taufpatin für's Mäderl? Wenn es Ihnen recht is', tät' i mi liebend gern darum kümmern. Was halten S davon?", sagte sie und sah Herbert fragend an.

„Das ist eine gute Idee, aber …"

„Nix aber, lassen S mi ausreden", fuhr Frau Ziegler fort. „Schaun S', i bin allan', i hab leider keine Kinder, kan Mann mehr … I bin a alte Frau, der im Leben viel genommen worden ist. Ich will helfen, weil i des Gefühl hab', dass Hilfe gebraucht wird. Wollen S ma des verwehren?"

Herbert wusste im Moment nicht, was er sagen sollte. „Können wir wirklich dieses großzügige Angebot annehmen?"

Lächelnd sagte Frau Ziegler: „Natürlich, sonst hätt' ich's erst gar' net vorg'schlagen."

Als Herbert seiner Mutter mitteilte, dass sie Oma geworden war, war deren Reaktion – anders als erwartet – äußerst dürftig. „So … bin i des?", meinte sie desinteressiert. Ida war sich in dem Moment gar nicht bewusst, wie verletzlich Herbert gegenüber diese Bemerkung war.

Herbert glaubte momentan nicht recht gehört zu haben. „Sag' a mal …", sagte er etwas hantig. „A bisserl mehr freuen könntest die scho'!"

„Du meine Güte, sei do net glei' so eing'schnappt. Was hast denn erwart'? Sicher g'frei i mi." Um ihren Sohn nicht noch mehr zu verärgern, fügte sie schnell hinzu: „I … i kann's halt net so zag'n!"

Insgeheim gab sich Ida aber alle Mühe ihre Wurstigkeit so gut es ging zu verbergen. In ihrem schäbigen Hauskleid stand sie da und überlegte, wie sie am schnellsten das Telefongespräch mit ihrem Sohn beenden könnte.

„Sei ma net bös, aber i muss jetzt aufleg'n. Mei Nachbarin, Frau Moser, is' g'rad' kumma. Wir woll'n no zum Friedhof!" Bevor Ida endgültig das Gespräch mit Herbert beendete, sagte sie noch: „Besucht mi halt amal mit dem Kloan!"

Herbert wollte seine Mutter noch fragen: „Wie geht's dir eigentlich, Mama?", aber da hatte sie schon aufgelegt.

Ganz anders war das Verhalten von Walpurgas Mutter:

Als Herbert seine Schwiegermutter benachrichtigte, dass Walpurga ein gesundes Mädchen zur Welt gebracht hat, war sie hörbar den Tränen nah'.

„Du glaubst net, wie i erleichtert bin, z' hör'n, dass alles gut g'gangen is'." Herberts Nachricht hatte sie derart aus der Fassung gebracht, dass zunächst ihre Worte äußerst unverständlich klangen. Herbert versuchte, den teilweise unverständlichen Redeschwall seiner Schwiegermutter zu stoppen, indem er ihr schmunzelnd erklärte: „Langsam, net so stürmisch. I waß, du bist aufg'regt, aber red net so schnell und beruhig di'." Nach und nach fasste sich Mathilde wieder und kündigte ihren baldigen Besuch an.

Im ersten Jahr nach der Geburt führte Walpurga großteils eine Wochenendehe. Stets mit seiner Arbeit beschäftigt, vergaß Herbert immer öfter, sich eingehend um seine kleine Familie zu kümmern. Er wusste, dass seine junge Frau und das Kind bei Frau Ziegler in guten Händen waren, und damit war der Fall für ihn erledigt.

Kein Wunder, dass Walpurga alle Liebe und Zärtlichkeit, die in ihr waren, hauptsächlich ihrer kleinen Tochter Ana zukommen ließ. Wie unruhig die kommende Zeit werden würde und was für Sorgen ihr bevorstanden, konnte Walpurga zu dieser Zeit nicht wissen.

Als das Kind zwei Jahre alt war, bemerkte Walpurga erstmals, dass Herberts Verhalten ihr gegenüber anders geworden war.

„Sag mal, du benimmst di in letzter Zeit so eigenartig, is' irgendwas?", fragte sie eines Tages nach dem Abendessen ihren Mann.

Herbert schaute ein bisschen verdutzt und spürte, wie ihm das Blut ins Gesicht stieg.

„Wieso … wieso kommst du auf so was?" Diese Frage brachte ihn arg in Verlegenheit.

„Is' es so schwer, eine einfache Frage zu beantworten?", hakte Walpurga nach.

„So a Unsinn, wieso denn. Zuletzt hat sich nur eine Menge Arbeit ang'häuft", sagte er ausweichend.

Walpurga suchte angestrengt nach weiteren Worten.

„Berufliches ...? Hast d' Ärger in der Werkstatt?"

„Na, eigentlich nix Besonder's ... die übliche Rennerei halt ... ein paar mickrige Abschlüsse ...", meinte Herbert verkrampft und verbiss sich ein Gähnen.

„Morgen ... morgen reden wir in Ruhe weiter, i bin jetzt etwas müd' ...", murmelte er ausweichend, drückte Walpurga einen flüchtigen Kuss auf die Wange und verschwand ins Bad.

Grüblerisch flüsterte Walpurga, als er die Türe hinter sich schon fast zugemacht hatte: „Na, dann ... Gut' Nacht."

Wie es der Zufall manchmal will, wurde Walpurga einen Tag später von einer geschwätzigen Frauenperson vor dem Laden, in dem sie ihre wöchentlichen Einkäufe tätigte, angesprochen:

„Is das net das Auto Ihres Mannes, des neuerdings öfter vor unserem Haus steht; ein gelber Volvo ... mit einer kleinen Delle in der Vordertür? Man erzählt sich, dass Ihr Mann ... Na ja, i weiss net, ob i ... Man sagt, dass Ihr Mann oft ... also, dass er's mit der Treue net so genau nimmt!" Walpurga wurde aschfahl im Gesicht: „So ist das also: Andere reden auch bereits." Für den Bruchteil einer Sekunde grübelte Walpurga vor sich hin, wie sie jetzt drauf reagieren sollte. Dann schaute sie die Frau erstaunt an und murmelte:

„Na ... i glaub', i glaub, da handelt's sich bestimmt um a Verwechslung." Sie hatte keine Lust, weiter mit dieser Person über ihr Eheleben zu diskutieren.

Trotzdem war Walpurga innerlich völlig durcheinander geworden. Sie nahm sich fest vor, Herbert bei nächstbester Gelegenheit darauf anzusprechen.

Wie immer, wenn sie sich etwas in den Kopf gesetzt hatte, was ihr richtig erschien, scheute sie auch diesmal nicht davor, ihrem Herzen Luft zu machen: „Was ... was is' bloß los mit dir?", fragte Walpurga Herbert, als dieser einmal am Abend heimkam, und sah ihn dabei forschend an.

„Wieso, was manst damit? Also ehrlich, so wie du mi anschaust und mit mir redest, könnt man mana', du wärst meine schlimmste Feindin."

„Was i man“, in Walpurgas Augen schimmerten Tränen. „Wenn du schon net verzichten kannst, dich wie ein … elbstgefälliger Gockel aufz'führ'n“, sagte Walpurga giftig, „dann mach's wenigstens mit Rücksicht auf uns und pass auf, dass di niemand sieht.“

„So a Unsinn, es is nix“, erwiderte Herbert leise; mied aber Walpurgas Blick.

„A geh, komm ma do net so, is des alles, was du z' sagen h ast? I bin do net blöd; I merk do' scho' lang', dass da was is'!“ Walpurgas Augen funkelten vor Wut. Sie war fest überzeugt, dass eine Andere dahintersteckte.

„Spinnst du? Wie … wie kommst du denn auf die Idee?“, unterbrach sie Herbert. „Na ja, i geb ja zu, dass i mi in letzter Zeit manchmal daneben benommen hab'. Tut ma ja auch leid. Aber deswegen gleich so a Theater machen?“ Herbert murmelte etwas Unverständliches dahin und wandte sich zum Gehen.

In dieser Nacht lag Walpurga noch lange wach. Sie wünschte sich, dass diese Geschichte nur ein böser Albtraum wäre.

Von da an war es nie mehr, wie es einmal war. In dem Moment, als Walpurga die bittere Wahrheit erkannte, schien die Welt um sie wie ein Kartenhaus zusammenzustürzen. Verzweifelt bemerkte sie, wie ungerecht das Schicksal wieder einmal mit ihr umging. Plötzlich schien sich ihr Traum von einem unbeschwerten Familienleben in Luft aufgelöst zu haben.

In den drauffolgenden Tagen verstärkte sich ihre ablehnende Haltung Herbert gegenüber zusehends. Walpurga rannte einige Tage verstört herum. Dann wusste sie plötzlich, was sie tun musste. Sie bat Herbert um ein weiteres Gespräch. Eigentlich hatte sie vorgehabt, ruhig und sachlich zu bleiben. Aber je länger sie miteinander diskutierten, umso lauter wurde sie. „Und … und wie denkst du das weiter?“, fragte Walpurga zuletzt ein wenig schnippisch.

Herbert ging zum Fenster und warf einen abwesenden Blick in den Garten hinaus. „I glaub', es is das Beste für uns alle, wenn i vorerst einmal auszieh“, unterbrach er Walpurgas heftigen Gefühlsausbruch.

„Verdammt, dann geh doch … hau schon ab!“ Walpurga war derart in Rage, dass sie nicht daran dachte, dass Frau Ziegler im Untergeschoss jedes Wort mit anhören könnte.

Sprachlos schnappte sich Herbert von einem Regal über der Eingangstür einen Koffer und begann, ihn mit seinen Sachen vollzustopfen.

„I kann's net fassen. Und … und wo gehst jetzt hin?", wollte Walpurga mit einem ironischen Zug um den Mund wissen.

„Des wird sich schon finden. Vorerst werd' i mir irgendwo a Zimmer nehma", antwortete Herbert.

Er war schon am Fuß der Treppe, als ihn Walpurga noch einmal aufhielt: „Wenn du jetzt dieses Haus verlässt, Herbert, dann brauchst d' gar net wiederzukommen. Und … d Ana bleibt a da."

„Herrgott, Walpurga, lass's gut sein. I denk', dass es momentan so das Beste is' … für uns alle." Herbert wandte sich um und verließ eilig das Haus. Er wollte keinen weiteren Streit; nichts sagen, was besser ungesagt blieb.

Walpurga saß lange da und starrte auf die Türe, die hinter Herbert ins Schloss gefallen war. Nie würde sie seinen Gesichtsausdruck vergessen, als er sie verließ.

Es war doch schwerer, als Herbert es sich vorgestellt hatte. Irgendwie hatte er jetzt doch ein schlechtes Gewissen, weil Walpurga mit ihren Anschuldigungen recht hatte, weil er sich zuletzt innerlich wirklich immer weiter von ihr entfernt hatte. Inge, die er während einem Fortbildungskurs kennengelernt hatte, war für ihn längst mehr als eine geschäftliche Bekanntschaft. Bei ihr konnte er auch das alles ausleben, was er bei Walpurga immer vermisst hatte.

„Sie … Sie wissen Bescheid, dass …?", fragte Frau Ziegler am nächsten Tag im Treppenhaus besorgt. „I beobacht' das ja schon längere Zeit. Es tut ma alles entsetzlich leid."

Walpurga nickte. Es war ihr peinlich, darüber zu reden. „Ja, mir san erst kürzlich die Augen g'öffnet worden, i weiß net, wie lang das schon so geht. Eins ist sicher", sagte Walpurga und seufzte: „I werd' sicher eine Zeit lang brauchen, bis i mi mit Ana allane z'rechtfind. Fest steht, dass mich Herbert in der vergangenen Zeit bitter enttäuscht hat. Mit dem sorglosen Leben is jetzt auf jeden Fall a vorbei!", sagte nach einer Weile Walpurga traurig.

„Und … und wie stellen S Ihna das jetzt weiter vor?" Frau Ziegler schaute Walpurga mit ihren gütigen Augen fragend an.

Walpurga hob die Schultern. „Offen g'standen, i hab ka Ahnung ... vielleicht kommt er zur Besinnung, vielleicht zieht er zu der Anderen ... i waß es net. I wär' überhaupt net auf den Gedanken g'kommen, dass i mi einmal mit sowas herumschlagen muss", sagte sie mit weinerlicher Stimme.

Walpurgas Nervenkostüm war zurzeit äußerst dünn. Sie hatte das Gefühl, als habe man ihr den Boden unter den Füßen weggezogen.

„Sie Ärmste! Is Ihna net gut?" fragte Frau Ziegler nach einer Weile besorgt.

Walpurga schüttelte den Kopf. „Es is' nur ... Herbert und i ... unser Kind ...", seufzte sie mit ihrer Weisheit am Ende.

„Wennschon ... es hat kan Sinn, wenn S Ihna so aufreg'n, denken S an d Ana. Außerdem ... i find, dass S die letzten Wochen über Ihna ... hinausgewachsen san! Aber, wie auch immer, Sie können momentan eh nur abwarten, wie sich die G'schicht' weiterentwickelt. I bin ... i bin jedenfalls immer für euch da!" murmelte Frau Ziegler und seufzte. Und leise, fast nicht hörbar fügte sie hinzu: „Walpurga! Hörens auf, sich verrückt zu machen, es ändert sowieso nix an der Sach'!"

Obwohl sich Walpurga nach außen hin bemühte, nicht völlig den Verstand zu verlieren, brodelte es in ihrem Innersten wie ein Wasserkessel, der jeden Moment explodieren könnte. Sie war dankbar, dass Frau Ziegler mittlerweile so was wie eine mütterliche Freundin geworden war.

Als Walpurga an einem der drauffolgenden Tage am späten Vormittag im Treppenhaus auf sie stieß, meinte diese kopfschüttelnd: „A Jammer, dass ich so was auf meine alten Tage noch erleben muss. I kann Ihnen gar net sagen, wie mich das alles mitnimmt."

In der ersten Zeit ohne Herbert kam sich Walpurga sehr verloren vor. Auf einmal musste sie dieses und jenes allein' entscheiden.

Es dauerte aber nicht lange, und Walpurgas Leben ging mit neuer Motivation weiter.

Ein halbes Jahr nach Herberts Auszug wurde die Ehe der beiden – die einst so harmonisch angefangen hatte – einvernehmlich geschieden.

Die kleine Ana gedieh prächtig und wurde von Frau Ziegler mehr als notwendig verwöhnt. Sie lud Walpurga mit Ana ab und zu zu sich in ihre Wohnung zu einem gemütlichen Essen ein. Sie hatte mittlerweile die beiden richtig liebgewonnen.

Walpurga, wieder schlank und voll Tatendrang, blickte voll Zuversicht in die Zukunft.

Entschlossen verbannte sie Herbert so gut es ging aus ihren Gedanken. Und wenn sie doch einmal an ihn dachte, dann ohne Zorn. Zuerst die große Liebe, danach die Enttäuschung. Nun ja, sie hatte beides erlebt. Aber jetzt, nachdem der Schmerz nachgelassen hatte, konnte sie ohne Bitterkeit zurückdenken.

Als Walpurga die Kleine in einem nahe gelegenen Kindergarten unterbringen konnte und Frau Ziegler sich bereit erklärte, Ana in Abwesenheit ihrer Mutter zu betreuen, nahm Walpurga eine Stelle bei Dr. Arnreiter, einem geschäftstüchtigen Rechtsanwalt, an. Diese Tätigkeit war für sie nicht nur wirtschaftlich, sondern auch für ihr Seelenheil wichtig.

In der Folge tat Walpurga auch all das, was sie schon eine Ewigkeit nicht mehr getan hatte: Sie ließ sich bei einem guten Friseur eine modische Frisur machen, interessierte sich lebhaft für das Programm der Salzburger Festspiele. Aus einem Veranstaltungskalender suchte sie die Nummern einiger Theater heraus, die interessante Stücke spielten, und besuchte ein Modegeschäft nach dem anderen, um dort längst nötige Einkäufe zu machen.

„I will net warten, bis i alt und grau bin, na, i will jetzt leben. Leben und das Leben in vollen Zügen genießen“, machte sie sich selbst energisch Mut. Das einzige, was sie bedauerte, war, nicht schon längst ihren eigenen Bedürfnissen nachgekommen zu sein.

Während Walpurga so dahinsinnierte, hatte sie plötzlich die fixe Idee, das Autofahren zu erlernen. Ihr Traum war es, unbedingt selbst einen kleinen, fahrbaren Untersatz zu haben.

So kam es, dass sich Walpurga gleich an einem der nächsten Tage bei einer Fahrschule anmeldete. Im Handumdrehen hatte sie ihren „Lappen“ – wie sie ihren Führerschein scherzhaft nannte – in ihren Händen.

Ihre einsamen und bedrückenden Stunden waren aber, nachdem sie Ana abends ins Bett gebracht hatte. Das war allerdings ihr eigener Fehler, denn sie kümmerte sich nicht um einen gesellschaftlichen Umgang.

(Einmal wöchentlich telefonierte sie mit ihrer in Kremsmünster lebenden Mutter, die seit ihrer Scheidung von Karl alleine lebte. Mit Marianne, die vor einiger Zeit eine Stelle in einem Asylheim im Ausland angenommen hatte und nur ab und zu nach Hause kam, hatte sie kaum Kontakt.)

„Das muss sich schleunigst ändern", nahm sie sich vor.

Nachdem sie zu ihrer älteren Kollegin Christine – die seit einiger Zeit geschieden war und mit ihrer achtjährigen Tochter in einem Zweifamilienhaus, das am anderen Ende der Stadt lag, wohnte – ein vertrautes Verhältnis aufgebaut hatte, traf sie sich gern nach Dienstschluss mit ihr. Mit ihr plauderte Walpurga über alte Zeiten; besonders über jene, in denen sie bei Dr. Beierl gearbeitet hatte.

„Was is'", fragte Christine einmal. „gefällt's dir da?" Walpurga lachte: „Natürlich, es is' nur noch alles ein bisserl ungewohnt für mi'", antwortete sie nachdenklich.

„Und wie kommst du sonst zurecht – so im Alltag, mein' ich?" Christine sah Walpurga dabei erwartungsvoll an.

Walpurga hob die Schultern. „Zurzeit fühle ich mich ganz wohl in meiner Haut. Wie's weiter geht, steht in den Sternen."

Trotzdem Walpurga ihren Neustart fest im Griff hatte, grübelte sie ab und zu, warum das Schicksal so hart mit ihr umgegangen war. Diese Frage stellte sie sich in den kommenden Wochen noch oft. Aber auf diese Fragen bekam sie keine passende Antwort.

Inzwischen waren fast zwei Jahre vergangen, in denen sich Walpurga neben ihrem Job hauptsächlich ihrer Tochter widmete.

Eines Tages erhielt Walpurga einen Telefonanruf, der sie vorerst ziemlich aus der Fassung brachte.

„Hoffentlich is nix mit Ana passiert", ging es ihr durch den Kopf, während sie verbunden wurde. Im Hintergrund war Gemurmel zu hören.

„Red' ich mit Frau Pfisterer?", meldete sich nach einer ewigen Wartezeit eine freundliche Männerstimme.

„Äh … ja", sagte Walpurga ungeduldig und ärgerte sich, dass man sie so lang hatte warten lassen.

„Um was geht's denn?"

Nachdem sich der Mann am anderen Ende der Leitung geräuspert hatte, sagte er:

„Leider muss ich Ihnen mitteilen, dass Ihr Mann heut' in den Morgenstunden bei einer Bergtour tödlich verunglückt is' … Herzliches Beileid!"

Walpurga wusste momentan nicht, was sie sagen sollte. Herbert war großteils aus ihren Gedanken verschwunden. Sie war so ausgefüllt mit Ana beschäftigt, dass alles andere in den Hintergrund getreten war. Obwohl sie diese Nachricht tief betroffen machte, war sie der Meinung, dass in erster Linie Herberts neue Lebenspartnerin verständigt hätte werden sollen. Schon allein der Gedanke, dass der Mann, den sie einmal über alles geliebt hatte, mit einer anderen Frau zusammen war, löste tief in ihrem Inneren immer noch eine Verbitterung aus.

Nachdem sie aber weder einen Familiennamen von dieser anderen Frau noch eine derzeitige Adresse von Herbert kannte, fasste sie den Entschluss, der Behörde das auch mitzuteilen:

„Tut mir leid, aber i glaub' … i denk', i muss da was klären. Wir … wir sind seit einiger Zeit geschieden."

„Oh, davon ist uns nichts bekannt. Es ist nur so, dass bei den Sachen von Ihrem … vom Verunglückten, ein Foto war, auf dem diese Nummer steht."

„Du liebe Güte, als hätt' ich keine anderen Sorgen", dachte Walpurga zu sich. „Wie auch immer … ich werd' mich selbstverständlich um das Weitere kümmern. Sie können sich darauf verlassen", versprach Walpurga.

„Das wär' nett. Also dann … nix für ungut", sagte die freundliche Stimme am anderen Ende der Leitung und beendete mit einem „Alles Gute" das Gespräch.

Walpurga hängte den Hörer ein und starrte das Telefon nachdenklich an. Sie wusste im Moment beim besten Willen nicht, was sie jetzt machen solle. Tränen stiegen ihr in die Augen. Tatsache war, dass Herbert der Vater ihrer Tochter Ana war und sie schon allein deswegen etwas unternehmen musste.

Das einzig Erfreuliche bei dieser leidigen Sache war, zu wissen, dass sie sich bei der erfahrenen Frau Ziegler jederzeit einen Rat holen konnte. Es war jemand da, der ihr zuhören und helfen würde, eine richtige Entscheidung zu treffen.

Die Tränen liefen ihr übers Gesicht, als sie an der Wohnungstür von Frau Ziegler anklopfte: „Es is was passiert. Stellen S Ihna vor …

Und, was soll i jetzt machen?", fragte Walpurga ihre Vermieterin, nachdem sie ihr die Geschichte erzählt hatte. „Wie's scheint, hat er jetzt gekriegt, was er verdient!", dachte Frau Ziegler zu sich.

„I bin wirklich ratlos", äußerte sich Walpurga.

Frau Zieglers Gesichtsausdruck war ebenso ratlos.

„Mein liebes Kind, das ist jetzt ohne Zweifel eine verzwickte Angeleg'nheit. Aber so wie die Dinge nun mal liegen, müssen S da jetzt durch."

Frau Ziegler, die gerade im Begriff war, die Blumen auf Fensterbank zu gießen, fügte nachdenklich hinzu: „Es wird Ihna nix anderes übrigbleiben, als sich um alles Notwendige zu kümmern; schon allein' wegen der Ana."

In das Schweigen, das dem Vorschlag folgte, meinte Frau Ziegler: „Je eher Sie's hinter sich haben, umso besser!"

„Danke, Frau Ziegler", sagte Walpurga. Ihre Stimme hörte sich äußerst bedrückt an.

„Übrigens … entschuldigen S die neugierige Frage", erkundigte sich Frau Ziegler. „Wissen S eigentlich scho', wie lang S wegen den Begräbnisangelegenheiten wegbleiben würden?

„Offen gestanden, nein. Aber i denk' auf keinen Fall länger als notwendig. Ich nehm jetzt mal die Urlaubstage, die mir noch zustehen, und dann sehen wir weiter", sagte Walpurga und sah lächelnd auf Ana, die sich an ihrer Nähschatulle zu schaffen machte.

„Aber … aber würden S Ihna vielleicht während meiner Abwesenheit um die Ana kümmern?" Walpurga schaute Frau Ziegler fragend an.

„Des … des is doch eh klar. Machen S Ihna deswegen kane Sorgen, wir zwa werden scho' miteinander fertig. Schaun S,

Walpurga, a bisserl a Egoismus ist schon a dabei. Wie Sie wissen, bin ich allein'. I hätt' a bisserl G'sellschaft, und Ihna ... Ihna wär' a g'holfen."

Kaum hatte Walpurga die Geschehnisse der vergangenen Tage halbwegs verarbeitet, ereilte sie die nächste schlimme Nachricht:

Herberts kauzige Mutter bekam nach der Nachricht, dass ihr Sohn tödlich verunglückte, einen hysterischen Anfall und musste in eine Nervenanstalt eingeliefert werden. Sie verstarb dort kurz danach.

Die Untersuchung, die ihrem plötzlichen Tod folgte, erregte in ihrem Heimatort Kirchdorf ein gewisses Aufsehen. Man tuschelte nämlich, dass Ida den Tod ihres Sohnes nicht verkraftet und selbst Hand an sich gelegt hatte.

Ida wurde an der Seite von ihrem Mann, zusammen mit ihrem Sohn, begraben.

Den zwei einfachen Holzsärgen folgten außer Herberts derzeit ausfindig gemachter Lebensgefährtin Hermine, Walpurga und ein paar weitere Trauergäste, die jedoch keine Anteilnahme, sondern bloße Neugierde zu dem kleinen Friedhof hingetrieben hatte.

Walpurga, die sich nach der Rückkehr vom Friedhof sofort zurückzog, war froh, das Haus, in dem sie sich nie wohl gefühlt hatte, wieder verlassen zu können. Vierzehn Tage später erhielt sie von einem Notar die Nachricht, dass Ana Universalerbin ihrer Oma – die das Mädchen kaum kannte – war. Von dem Erbe war aber nach Abzug sämtlicher Unkosten nichts übriggeblieben.

Ana erfuhr in ihrem weiteren Leben wenig über ihren Vater. „Eigentlich schad'", sagte sie eines Tages zu ihrer Mutter. „Schad', dass du gar keine Fotos von früher hast. I tät' so gern' mehr von meinem Vater wissen." Walpurga seufze: „Da gibt's net viel zu erzählen. Er war eben net der Mann fürs Leben." Obwohl mittlerweile eine lange Zeit ins Land gezogen war, krochen Enttäuschung und Zorn immer noch in Walpurga hoch. Ihr fiel es nicht leicht, über ihre Ehe mit Herbert zu reden. Mit einem

Kloß im Hals meinte sie mit etwas ungehaltener Stimme: „Für mi war es seinerzeit eine ganz schwierige Zeit; es war ganz und gar net leicht!“, fügte sie leise hinzu.

Walpurga wandte sich von ihrer Tochter ab und schaute beim Fenster raus. Nach einer kleinen Pause drehte sie sich um, seufzte und sagte: „I hab' lang' g'braucht, damit fertig z' werden, aber … aber s Leben geht nun mal weiter; muss weitergeh'n.“

Es klang so traurig und verbittert, dass Ana das Herz wehtat. Sie senkte den Kopf wie ein zurechtgewiesenes Kind, rannte in ihr Zimmer und verschloss die Tür. Sie sank vor ihrem Bett in die Knie und weinte; weinte um etwas, das sie nie richtig kennengelernt hatte; nämlich einen Vater, der immer für sie da war.

Eines Tages, es war ein warmer Frühlingsnachmittag, lernte Walpurga Anton, ihren späteren Lebensgefährten, in einem urigen Biergarten kennen. Er saß inmitten einer Männerrunde, die sich scheinbar alberne Witze erzählten; weil auf einmal alle schallend lachten.

Als Walpurga Anton das erste Mal sah, war sie etwas verlegen. Er war ein rundlicher junger Mann mit einem verschmitzten Gesichtsausdruck. Trotz dem Interesse, das Walpurga bei den anderen Männern erweckte, existierte für sie auf Anhieb nur dieser witzige, redegewandte Ältere der Runde, der mit seinen frechen, blauen Augen.

Als Anton Walpurga und Christine erspähte, kniff er ein Auge zusammen, grinste über das ganze Gesicht und meinte:

„Hallo Mädels, wollts euch net zu uns g'sellen? Wir beißen eh net.“ Drei Augenpaare beäugten die zwei jungen Frauen erwartungsvoll.

Ehe die beiden was sagen konnten, sprangen zwei der Burschen auf und boten Walpurga und Christine einen Platz an.

„Na schön. Aber net lang“, sagte Walpurga und warf einen Blick auf ihre Armbanduhr. Gleichzeitig freute sie sich aber, wieder einmal ungezwungen mit Gleichaltrigen quatschen zu können.

Es blieb nicht bei dem einen Treffen.

„Übrigens“, meinte Walpurga, während die Runde wieder einmal gemütlich zusammen saß. Sie wollte einfach den Stier bei seinen Hörnern packen.

„Was … was haltet ihr davon, wenn wir demnächst im Tierpark eine Runde drehen?“

„Offen gestanden“, meinte Christine, nachdem sie eine Weile überlegt hatte, „interessiert mich das gar net.“

Längst hatte sie die schmachtenden Blicke, die sich Walpurga und Anton zuwarfen, bemerkt und grinste amüsiert.

„Des is' a super Idee“, rief Anton, bevor seine Kumpel antworten konnten.

Nachdem außer ihm von dem Vorschlag niemand wirklich begeistert war, wandte er sich Walpurga zu und meinte:

„Wann sehen wir uns? I tät' vorschlage, wir treffen uns morgen, so um diese Zeit? Oder … oder is' dir mei' allanige G'sellschaft zu langweilig?“

Walpurga überlegte nicht lang und lachte. „Ganz im Gegenteil?“ Sie verabredeten sich für den nächsten Tag.

„I hab mi schon ewig net in Gesellschaft eines Mannes so wohl g'fühlt … hatte da etwa das Schicksal seine Weichen gestellt?“, dachte sie nebenbei zu sich. Walpurga nahm sich vor, es zumindest so zu sehen. Den Rest des Tages verbrachte sie in einem seltsamen Schwebezustand. Es war alles so harmonisch und die empfundene Müdigkeit verwandelte sich in eine lange nicht da gewesene träumerische Beschwingtheit.

Tags darauf war es dann so weit:

Kurz nach fünf schlenderten Walpurga und Anton gemütlich durch den Tierpark in Hellbrunn. Hand in Hand bummelten sie plaudernd dahin. Dass sie etwas größer war als er, störte sie nicht weiter.

„Es ist schön mit dir“, sagte Anton. „Neben dir kann i hergehen, ohne ein Wort zu sagen, und fühl mi trotzdem verstanden.“

„Mir geht's ähnlich, du weißt gar net, wie gut mir das tut“, meinte Walpurga.

Nachdem Walpurga mit Anton eine Zeit lang schweigend dahin geschlendert war, erzählte sie Anton noch aus ihrem Leben und verschwieg nichts. Sie erzählte von ihrem armseligen Zuhause, von ihrer kaputten Ehe … vor allem über ihre entzückende Tochter Ana, die bisher ihr alleiniger Lebensinhalt war. Walpurga, ins Reden geraten, konnte gar nicht mehr aufhören.

Für beide verging die Zeit wie im Flug. Es war schon spät, als Anton Walpurga heimbrachte.

An diesem Abend brütete Walpurga noch lange vor sich hin. Plötzlich wurde sie durch das Anschlagen des Telefons hochgeschreckt:

„Hallo, da is' der Anton, was machst denn grad?"

Als Walpurga seine Stimme hörte, musste sie unwillkürlich an sein unkompliziertes Wesen, vor allem an seine blauen Augen denken. Wenn sie sich sein Gesicht ins Gedächtnis rief, sein Lachen, diesen verschmitzten ironischen Blick, den er ihr zuwarf, stockte ihr Atem, und sie bekam eine Gänsehaut. In dem Moment dachte sie: „Gott sei Dank, hört er mei' Herzklopfen net!"

„I laß ma g'rad ein Bad einlaufen", sagte Walpurga und war froh, dass er ihr Herzklopfen nicht hörte. Alleine der Gedanke an ihn trieb ihr schon das Blut in die Wangen.

Als sie kurz danach wieder auflegte, gelangte sie zu der erstaunlichen Kenntnis, dass sie gute Laune hatte. Und das war das letzte Mal vor etwa … so sehr sie sich auch anstrengte, sie konnte sich nicht erinnern, wann das gewesen war.

Ihre Zuneigung zueinander entwickelte sich nach und nach zu einem tiefen Gefühl. Da aber beide eine unglückliche Verbindung hinter sich hatten, legten sie vorerst auf eine festere Bindung keinen Wert.

Walpurga war nämlich der Meinung, dass eine lose Beziehung mehr Aussicht auf Beständigkeit habe. Demnach behielt sie ihre Wohnung im Haus Ziegler, und Anton übernahm nach dem Tod seiner Mutter deren nahe dem Mönchsberg gelegene Eigentumswohnung.

„Du bist eine starke Frau, Walpurga, weißt du das eigentlich? Dein Mann muss wirklich a Idiot sein", meinte eines Tages Anton während einem Spaziergang zu Walpurga. „I hab' dei Stärke net. Und i hätt' sie a nie g'habt." Ohne eine Antwort abzuwarten, redete er weiter. Mehr zu sich selbst als zu Walpurga sagte er: „Es is unbegreiflich … So was wie di lässt man do net so mir nix, dir nix geh'n."

Walpurga blieb abrupt stehen.

„Fabelhaft?" Walpurga lächelte ein wenig traurig. Sie wusste im Moment nicht, was sie sagen sollte. Diese Worte nach so langer Zeit, seine offene, einfache Art zu hören taten ihr wohl.

Sie seufzte und meinte dann: „Was blieb mir denn anders über." Nach ein paar Sekunden fuhr sie fort: „Du kannst mir glauben: Es is' net einfach, plötzlich mit an klan Kind allein' dazustehen!"

Anton, der in der Folge auch von Zeit zu Zeit bei Walpurga wohnte, wurde anfangs von Ana – die mittlerweile zu einem anmutigen Mädchen herangewachsen war – mit Misstrauen und Scheu betrachtet. So kam es, dass Walpurga oft ratlos war. Natürlich redete sie mit Anton darüber.

„Ich kann mir denken, dass es für sie net einfach is'. Du musst halt ein bisserl Geduld mit ihr haben!", sagte Anton, während er es sich in der Hängematte – die am Balkon bei Walpurga angebracht war – gemütlich machte. „Aber sei mal ehrlich, verwöhnst du das Mädel net a bisserl zu sehr?" Nachdenklich fügte er hinzu: „In ein paar Jahren sagt s i e dir, dass es d i nix angeht, was sie macht."

Auf einmal flog auf Tür auf und Ana kam rein. Sie erschrak, als sie Anton sah. Ihr Blick wurde schlagartig abweisend und unpersönlich.

„Hallo, Ana. Wie geht's dir so? Willst di reinleg'n?", fragte Anton und sprang auf.

„Es geht di' an Dreck an, wie es mir geht", schrie Walpurgas Tochter Anton zu und knallte die Tür hinter sich wieder zu.

Mit dem Gedanken, dass sie künftig ihre Mama mit einem fremden Mann teilen sollte, konnte sie sich überhaupt nicht anfreunden. Aber sie spürte diese Gefahr, seit ihre Mutter erstmals diesen Anton mitgebracht hatte.

Walpurga schaute ihren Freund hilflos an. Sie hatte sichtlich Mühe ruhig zu bleiben und wusste im Moment nicht, wie sie sich nach diesem Gefühlsausbruch ihrer Tochter verhalten sollte. Schließlich meinte sie ratlos zu Anton: „Sei net bös', sie mant s bestimmt net so." Leise, fast unhörbar fügte sie hinzu: „So aufbrausend und reizbar kenn' i sie gar net!"

„Tja, da kann ma halt nix machen. I will di ja net irgendwie beeinflussen, aber lass' sie jetzt amal eine Zeit in ihrem Schmollwinkel sitzen. Sie wird sich schon wieder einkriegen", meinte Anton, und eine Spur Gekränktheit verriet seinen Ton.

Und so war es dann auch. Wenn es Ana auch schwer fiel, gab sie sich Mühe, den neuen Mann an der Seite ihrer Mama zu dulden.

„I bin so froh, dass sich der Umgang zwischen euch etwas eingependelt hat. Es war ja net mehr mit anzuschauen; dieses abweisende Verhalten von Ana", seufzte Walpurga, als Anton wieder einmal da war. „Im Grund' genommen ist sie ja ka böses Kind. Aber die Angst, mi zu verlieren, macht ihr halt arg z'schaffen!"

„Du derfst des net so schwarzsehen", mahnte Anton. „Es wird schon alles gut werden. Wenn's dir recht is", schlug Anton vor, „werd' die Sache jetzt i in die Hand nehmen. I hab' nämlich da so a Idee … Was hältst du davon, wenn sie a Verantwortung für ein Tier bekommt?"

Walpurga blickte grübelnd vor sich hin. „Klingt ja gar net übel. Auf so was wär' ich selber net g'kommen! Meiner Meinung nach sollte das aber gründlich überlegt werden. Schließlich stellen Tiere gewisse Anforderungen, und die können auf Dauer wahrscheinlich ganz schön belastend sein!"

Anton nickte und schmunzelte vor sich hin. Entschlossen, Ana für sich zu gewinnen, sagte er: „Des is schon klar, und darüber hab' i mir a schon Gedanken g'macht, aber … aber schau ma mal. Gemeinsam werden wir das Kind schon schaukeln."

„Na dann", sagte Walpurga, während sie von einem Pappbehälter Orangensaft in ein Glas eingoss. „Du scheinst dir deiner Sache sehr sicher sein, Anton." „Das bin i … hoffentlich haut's a hin!", sinnierte er. Insgeheim war ihm nämlich bei der Sache trotzdem nicht ganz wohl.

Im Laufe der nächsten Tage brachte Anton einen geheimnisvollen, größeren Karton bei Walpurga vorbei. Zunächst dachte sie, dass sich darin eine kleine Katze oder ein Meerschweinchen befände. Bei genauerem Hinhorchen vernahm sie aber ein klägliches Winseln. Nachdem Walpurga den Deckel ein wenig hochgehoben hatte, rief sie erstaunt aus: „Jessas … da is ja a klaner Hund drinn." Sie streichelte über das Fell von dem putzigen Vierbeiner.

„Da wird sich die Ana aber freuen", meinte sie dann nach einer Weile. „I bin schon auf ihr G'sicht g'spannt, wenn s den klanen Racker sieht!"

„Um ehrlich zu sein, i a", sagte Anton leise und zuckte mit den Achseln. „I hoffs … i hoff wirklich, dass das Ganze net in d' Hosen geht!"

Im nächsten Moment stürmte Ana bei der Tür' rein. Sie hatte von Frau Zieglers Küchenfenster aus beobachtet, wie Anton mit dem großen Pappkarton im Haus verschwunden war. (Sie wollte unbedingt wissen, was der Freund ihrer Mutter da ins Haus getragen hatte.)

Anton war gespannt, was weiter kommen würde.

„Schau, was i dir mitgebracht hab", sagte er dann und schickte ein Stoßgebet zum Himmel.

Nach einem skeptischen Blick in den Karton überzog eine tiefe Röte Anas Gesicht. Ihr gerade noch provozierender Gesichtsausdruck wandelte sich schlagartig in einen freudestrahlenden. Mit leuchtenden Augen rief sie:

„Jöh, a klaner Hund … Is der für mi?", fragte sie. Walpurga sagte mit einem Kloß im Hals: „I glaub' scho'!" „Danke … danke …!" Fassungslos schaute sie von ihrer Mutter zu Anton, dann wieder zu ihrer Mutter.

„Ist der wirklich für mi?", wiederholte sie leise und nahm den jungen Spaniel vorsichtig auf den Arm.

Walpurga, die schon vorher geahnt hatte, wie Ana regieren würde, sagte erleichtert:

„Na klar doch … es war übrigens Antons Idee!"

Verschämt senkte Ana ihren Blick. Dann meinte sie: „Tut … tut ma echt lad, dass i so kratzbürstig gewesen bin, es kommt bestimmt nimmer vor!"

Anton war froh, mit seiner Idee ins Schwarze getroffen zu haben, und sagte mit der Hand abwinkend:

„Papperlepapp … red'n ma nimmer drüber!"

Das Verhältnis der beiden war zwar in der nächsten Zeit immer noch etwas angespannt, doch nahm es Ana plötzlich nicht mehr ganz so übel, wenn sie sah, dass Anton ab und zu über Nacht blieb.

Wenn sie sich zufällig über den Weg liefen, begrüßten sie einander mit einem „Hallo" und tauschten belanglos Dinge aus.

Walpurga, die das alles mit Argusaugen beobachtete, meinte einmal zu Anton: „Seit Ana den Hund hat, is' sie wie ausgewechselt!"

In der Zeit, die folgte, lief ihr aller Tagesablauf im Großen und Ganzen in geregelten Bahnen:

Walpurga ging nach wie vor mit Begeisterung ihrer Tätigkeit als Rechtsanwaltsgehilfin nach. Ihre Tochter Ana, die mittlerweile nach dem Kindergarten und der Volksschule erfolgreich ein Gymnasium besuchte, mauserte sich mit der Zeit zu einem adretten Mädchen. Längst hatte sie sich mit Ursula, einem Mädchen aus dem Nachbarhaus, angefreundet. Sie waren ungefähr im gleichen Alter und hatten ziemlich dieselben Interessen.

Große Augen bekam Ana immer dann, wenn über Pferde berichtet wurde. Dann lauschte sie gespannt den Rednern zu.

Durch Zufall lernte sie eines Tages die Tochter einer bekannten österreichischen Reitsportlerin kennen. Nachdem die sie zu sich nach Hause eingeladen hatte und Ana dort die Stallungen besichtigen durfte, stand für sie fest:

„I will reiten lernen!"

In der Folge entwickelte sie eine Leidenschaft für diese mächtigen Tiere und besorgte sich jede Lektüre, die sie über den Reitsport ergattern konnte.

Eines frühen Nachmittags, nachdem Ana ihrer Mutter von der Schule erzählt hatte, brachte Ana endlich den Mut auf, ihre Mama das zu fragen, was ihr schon die ganze Zeit auf dem Herz lag:

„Übrigens … i tät gern' z'sammen mit der Ursula Reitunterricht nehmen; derf i?"

Einen Moment lang war Walpurga sprachlos; schaute Ana verdutzt an und schüttelte den Kopf.

„Menschenskind Ana, du spinnst wohl. Willst dir wirklich no was aufhalsen?" Walpurga war sichtlich schockiert.

Ana war zwar nach wie vor ihr Ein und Alles, und es fiel ihr schwer, ihrem Kind einen Herzenswunsch abzuschlagen, aber jetzt war sie doch ziemlich ratlos.

„I waß net ... du hast doch scho' den Hund ...", versuchte sie Ana aufmerksam zu machen. „Aber ... aber wenn du unbedingt willst ... meinetwegen. Eines ist dir aber hoffentlich klar: Die Schule derf auf keinen Fall d'runter leiden! Und ... und Taschengeld gibt's a net mehr!"

„Hurra", entfuhr es Ana und sie umarmte Walpurga stürmisch.

Kurz nachdem sie die Erlaubnis bekommen hatte, lief sie hinüber zu Ursula – die im Nebenhaus wohnte – und klingelte Sturm. Ana wollte ihr unbedingt gleich sagen, dass sie ihre Mutter überreden konnte.

Es dauerte nicht lange, und die Türe wurde aufgerissen.

„Bist d' verrückt, so lang' zu läuten? Was is'n los, is wer g'storb'n? Meine Mutter hat sich hing'legt, ihr geht 's net so gut!", zischte Ursula.

„Tschuldige", platzte Ana raus, „des hab i net g'wußt ... Aber i muss ganz dringend mit dir red'n."

Ursula unterbrach Anas Redeschwall. „Jetzt hab ich ka Zeit. Morgen nach der Schule können wir über alles quatschen." Ana rümpfte die Nase. „So was Blödes", dachte sie zu sich. Obwohl sie eigentlich sauer auf Ursula war, beruhigte sie ihre Freundin: „Halb so wild." Dann trottete sie geknickt wieder heim.

An diesen Abend konnte Ana lange nicht einschlafen. Sie malte sich aus, wie ihre erste Reitstunde aussehen würde; ob sie's überhaupt schaffte, auf den Rücken eines Pferdes zu gelangen und dort auch zu bleiben, ohne auf der anderen Seite wieder herunterzufallen.

Die kommende Zeit wurde für Ana äußerst stressig: Einerseits musste sie für die Schule büffeln, andererseits wollte sie vor Beginn der Sommerferien das Reiten beherrschen; was ihr dann auch nach ein paar Übungsstunden mühelos gelang.

Als eines Abends das Telefon läutete, sprang Ana erfreut auf, weil sie dachte, es wäre Ursula, ihre Freundin von nebenan.

Aber ihre Oma Mathilde aus Kremsmünster war am Apparat: „Grüß di, Ana, die Mama is net da?", wollte sie wissen.

„Na, und i waß a net, wann s heimkommt." Ana war ziemlich kurz angebunden, weil sie fest mit Ursulas Anruf gerechnet hatte.

Nachdem sie sich gegenseitig Neuigkeiten erzählt hatten, meinte Oma Mathilde beiläufig:

„Sag mal, du hast do jetzt bald Geburtstag. Was tätst denn gern' hab'n?"

Ana grübelte einen Moment vor sich hin.

„I waß net", sagte sie dann. „Des kommt jetzt a bisserl plötzlich." Sie überlegte krampfhaft. Dann sprudelte es aufgeregt aus ihr raus:

„I hab reiten g'lernt und brauchert a wengal a Geld. Wenn i nämlich fleißig spar', kann i ma vielleicht irgendwann z'samm' mit meiner Freundin Ursula selber a Pferd kaufen. Glaubst, is so a Brauner teuer?"

Für einen Moment war es in der Leitung still, dann sagte Mathilde mit ernster Stimme:

„Na, so was, du hast also reiten g'lernt? Sei bloß vorsichtig. Du waßt ja, passiert is' schnell was."

„O ja, aber da brauchst du dir wirklich kane Sorgen z'machen. I bin eh scho' oft g'ritten", sagte Ana und kicherte. „I pass scho' auf mi auf."

Mathilde räusperte sich und fragte: „Gell, du hättest narrisch gern a eigenes Ross?"

Anas Stimme wurde etwas freundlicher:

„Nix lieber wie des!", antwortete Ana und seufzte.

„Hm, na ja, vielleicht … i telefonier eh nu mit der Mama. Richt' ihr derweil an Gruß aus!"

Nachdem beide noch über die Schule geplaudert hatten, beendeten sie das Telefongespräch.

Am nächsten Morgen erwähnte Ana beim Frühstück, dass Oma Mathilde angerufen hätte.

„Ah so? Was hat s' denn erzählt?" wollte Walpurga wissen.

„Nix Besonder's. Sie meld't sich eh wieder!"

Eines Tages saß Walpurga – wie so oft – nach der Arbeit mit ihrer inzwischen lieb gewordenen Kollegin in einem nahen Café zusammen. Sie quälte sich schon tagelang mit einem Problem herum, das sie dringend der erfahrenen Christine anvertrauen wollte.

Die Angelegenheit ging ihr derart im Kopf herum, dass sie gar nicht abwartete, was ihre Freundin zu erzählen hatte.

„Anton hat mi g'fragt, ob ich net Lust hätt', mit ihm z'sammen ein Souvenirgeschäft zu betreiben. Er tät sich um die Aufträge kümmern, und i … i wär' für den Bürokram zuständig."

Nachdem Walpurga einen Schluck Kaffee zu sich genommen hatte, redete sie weiter: „Jetzt hab i g'hofft, dass du mir vielleicht einen Rat geben kannst, was i machen soll?" Leise fügte sie hinzu: „Er is zwar etwas jünger als i, weißt du. Aber … i mag ihn und er mi …"

„Hm, das ist jetzt schwer zu sagen. Auf jeden Fall ist das Alter egal. D'rauf, ob jünger oder nicht, d'rauf kommt es wirklich net an", meinte Christine nachdenklich. „Wenn du di sonst gut mit ihm verstehst … wo siehst da das Problem?"

„Du meinst also, i soll 's wagen?" Walpurga schaute Christine fragend an.

Christine sah sie verständnisvoll an und tätschelte ihre Hand. „Jetzt mach aber einen Punkt, Walpurga. Natürlich sollst du … Wer nix wagt, hat scho' verloren! … hab' i g'lesen … is' net von mir." Sie musste lächeln, weil sie Walpurgas Nervosität irgendwie verstehen konnte, war sie doch selbst einmal in einer ähnlichen Lage gewesen. Seinerzeit lief bei ihr alles schief, was nur schief laufen konnte: Es stellte sich nämlich raus, dass ein vermeintlich verlässlicher Mitarbeiter auch bösartige und hinterhältige Eigenschaften hatte; Machenschaften, die ihren Mann und sie mit der Zeit in den Ruin getrieben hatten.

Christine nahm sich vor, das alles Walpurga gegenüber zu verschweigen; sie wollte sie nicht noch zusätzlich entmutigen. Stattdessen meinte sie nur: „Ich sag' dir das als Freundin, die ehrlich meint, wie sie's sagt!"

„Du hast ja Recht, Christine, trotzdem, es macht mich halt schon nervös, anderen mein Problem anzuvertrauen."

Wieder zu Hause legte sich Walpurga auf die orangenfarbige Couch und versuchte sich durch Lesen abzulenken, konnte sich aber nicht richtig konzentrieren. Nach einer halben

Stunde gab sie's auf und ging in die Küche. Sie holte eine angefangene Packung Fruchtsaft und ein Glas vom Küchenbord herunter und trug sie ins Wohnzimmer, wo sie beides auf den Couchtisch stellte und sich dann auf das Sofa setzte. Dann goss sie sich in das Glas den Saft ein und nippte gedankenverloren daran. Die nächste Viertelstunde blieb sie regungslos sitzen und dachte angestrengt nach. Unschlüssig, was sie tun sollte, spielte sie mit dem Gedanken, Frau Ziegler zusätzlich um einen Rat fragen.

Gedacht, getan. Kurzerhand lief sie die paar Holzstufen runter und läutete bei ihrer Hausfrau. „Kann ... kann i Sie kurz unter vier Augen sprechen?", fragte Walpurga, nachdem Frau Ziegler geöffnet hatte.

„Natürlich. Was gibt's denn?"

Als Frau Ziegler Christines Rat bekräftigt hatte, lief Walpurga wieder nach oben und bereitete sich auf das Treffen mit Anton vor. Die alte Pendeluhr, die sie von ihrer Münchner Chefin zum Einstand für ihr neues Heim bekommen hatte, holte rasselnd zum Schlag aus und meldete, dass es bereits halb sieben war.

Anton kam pünktlich zur vereinbarten Zeit. Er brachte nicht nur Wein, sondern auch Blumen für Walpurga und einige Pferdeaufkleber für Ana mit. Während Walpurga die Blumen in eine Vase gab, fragte Anton mit gespannter Mine:

„Na und, hast du dir's überlegt?" Dabei sah er sie mit hochgezogenen Augenbrauen erwartungsvoll an. Anton freute sich diebisch, als ihm Walpurga ihr Einverständnis für sein Anliegen gab.

„Du kannst dir gar net vorstellen, wie froh i dir bin, dass du mir helfen willst", sagte er und umarmte Walpurga stürmisch. „Du bist a Engel, Walpurga. So eine wie dich gibt es net oft!"

Walpurga fragte sich, ob Anton bewusst war, was sie da alles seinetwegen machte.

„I hoff', dass i dir eine Hilfe sein kann." Mehr zu sich sagte sie dann leise: „Hoffentlich bereu' ich's net eines Tages." Walpurga seufzte tief auf.

„Was meinst du damit?" Anton schaute sie fragend an.

„Na, ja, schließlich tät' i einiges aufgeben."

Nicht, dass es in ihrem Leben keine Enttäuschungen, keine unerwarteten Rückschläge gegeben hatte. Da war ihre Scheidung, mit dem Gefühl, versagt zu haben, dem Verlust an Selbstbewusstsein, auch in sexueller Hinsicht.

„Wie auch immer, lass uns jetzt von etwas ander's red'n. Erzählst du mir was von früher; was du so getrieben hast?"

Anton schilderte Walpurga von seiner Kindheit auf dem Land, wo er als eines von drei Geschwistern unter anderem auch ein Gefühl für die Natur bekommen hatte. „I wandere a für mei' Leben gern'", sagte er und schaute versonnen beim Fenster raus. „Leider hab' i zurzeit net viel Zeit dazu. Du weißt ja, mei Arbeit … Übrigens, wollen wir am Samstagabend zusammen etwas unternehmen?"

„Sei net bös,' Anton, aber daraus wird nix. I hab Ana versprochen, dass i mit ihr ins Kino geh'."

Walpurga nahm sich vor, bei der Gelegenheit mit Ana auch über ihre Zukunftspläne zu reden; sie nannte es „Mutter-Tochtertag".

„Na, ja, da kann ma halt nix machen. Vielleicht klappt's a ander's Mal", murmelte Anton vor sich hin. Es war für ihn doch schwerer, als er es gesagt hatte. Jetzt, wo Walpurga ihm gegenübersaß, erkannte er, dass er sie in seinem Leben keine Minute mehr missen möchte. Er verbarg so gut es ging seine Enttäuschung. Dann sagte er, er könne es verstehen – er versuchte es zumindest.

„Wie schön, dass du dafür Verständnis hast", sagte Walpurga; bemerkte aber nichts von Antons insgeheimer Enttäuschung.

Drei Tage später telefonierte Walpurga mit ihrer Mutter.

„Wie geht's denn so?", wollte Mathilde wissen.

„Eh ganz gut", meinte Walpurga. Sie redete über dies und das, erwähnte aber nichts von ihren geschäftlichen Plänen. Da sie ihre Mutter kannte, wusste sie, dass die sie nicht nur mit Fragen löchern würde, sondern ihr auch abraten würde. Und dazu hatte Walpurga zurzeit keine Lust. Stattdessen meinte sie nur:

„Es wär' nett, wenn du uns einmal besuchst." Nachdem sie eine Zeit lang über belangloses Zeugs geredet hatten, wünschten sie sich beidseitig noch alles Gute und beendeten das Telefonat.

Antons Vorhaben machte Walpurga doch mehr zu schaffen, als sie ursprünglich angenommen hatte.

Noch im gleichen Monat kündigte sie bei ihrem Arbeitgeber. Walpurga hatte außer Christine nicht viel von ihrer möglichen Veränderung erzählt. Aber ihre leuchtenden Augen, ihr rascher Aufbruch jedes Mal, wenn der Arbeitstag zu Ende ging, waren für ihre nächste Umgebung deutlich genug.

Dass alle Bedenken und Zweifel unnötig waren, erkannte Walpurga in den folgenden Monaten. Das Geschäft lief gut. So gut, dass nach ein paar Wochen eine weitere Bürokraft und eine Heimarbeiterin eingestellt werden mussten.

Anton arbeitete von sechs Uhr früh bis fünf Uhr nachmittags. Hatte früher er das letzte Wort gesprochen, die Artikel und Lieferanten alleine ausgewählt, durfte schon längst Walpurga selbstständig entscheiden. Zudem war er, von Walpurga angeregt, bald übergegangen, die Auswahl der angebotenen Artikel zu erweitern.

Nach ungefähr einem Jahr übersiedelten allesamt in ein am Stadtrand liegendes geräumiges Haus. Nachdem Anton aber seine Eigentumswohnung wegen unvorhersehbarer Notfälle nicht verkaufen wollte, wurde die neue Bleibe vorerst nur gemietet.

Beiden, Anton sowie Walpurga, bedeutete das Haus sehr viel; nicht nur, weil es einen gewaltigen Fortschritt gegenüber der vorher bewohnten Unterkunft, in der sie bisher gelebt hatten, darstellte, sondern auch, weil sie jetzt alles zusammen unter einem Dach hatten.

Im Erdgeschoss fand sich genug Platz für Büroräume; im Keller des Hauses wurden diverse Lagerbestände deponiert. Im Obergeschoss befanden sich die Privaträume.

Der Höhepunkt ihrer bisherigen geschäftlichen Laufbahn war dann der Februar des Jahres 1976. Das Jahr, in dem die Winterolympiade in Innsbruck ausgetragen wurde.

Schon Wochen zuvor hatten sämtliche Mitarbeiter alle Hände voll zu tun. Im Hinblick der Geschäftstüchtigkeit von Anton war es ihm nämlich gelungen, mit Olympia-Maskottchen und anderen Artikeln einen großen Auftrag an Land zu ziehen.

Privat und geschäftlich lief es folglich so gut; sodass es besser nicht hätte sein können. Sie konnten sich ein schönes Auto leisten, mit dem sie mal da, mal dorthin fuhren. Auch Walpurgas ehemaliger fahrbarer, älterer Untersatz war längst gegen ein neueres Modell ausgetauscht worden.

Auch Ana profitierte von dieser sorglosen Zeit. Jährlich machte sie zusammen mit ihrer Mutter einen Urlaub auf einem Reiterhof und konnte dort ihrer Leidenschaft, dem Reiten, nachgehen.

Und dann geriet dieses ausgeglichene Leben in Unordnung, und es kam zu einer unerfreulichen, nahezu unerträglichen Situation in Walpurgas Leben:

Eines Tages kamen unangemeldet Leute vom Finanzamt ins Haus.

„Tut uns leid, aber uns ist zu Ohren gekommen, dass sich bei Ihnen verschiedene Unregelmäßigkeiten eingeschlichen haben. Wir haben den Auftrag, sämtliche Geschäftsunterlagen mitzunehmen.“

Walpurgas war entsetzt. Ihr anfänglich freundliches Lächeln verflog mit einem Schlag. Zunächst begriff sie nicht, was da eigentlich vor sich ging. Aber ihr war bewusst, dass es wenig Zweck hatte, sich irgendwie dagegen aufzulehnen. Sie musste, ob sie's wollte oder nicht, den Tatsachen ins Auge sehen.

Hilflos wandte sich Walpurga Anton zu, der gerade vom Keller kam. Als der die Situation überblickte, ahnte er sofort, was los war.

„Was … was hat denn das alles zu bedeuten?“, murmelte Walpurga fassungslos. Bisher hatte sie geglaubt, Anton würde alles im Griff haben. Anton zuckte mit den Achseln. Er zögerte einen Moment, um zu überlegen, was er sagen sollte, und meinte dann:

„So einfach wird wahrscheinlich die G'schicht' net werden. Hoffen wir, dass es ohne schlimmere Folgen abgeht. Aber wie's ausschaut, können wir bestimmt net so weitermachen wie bisher. Nicht, dass wir uns übermäßig einschränken werden müssen, aber es wird uns nichts anderes übrig bleiben, als den Gürtel etwas enger zu schnallen; und unnötige Ausgaben … die sind wahrscheinlich auch nicht mehr drinn'.“

(Schon seit einiger Zeit hatte er bemerkt, dass der Steuerberater viele Gesichter hatte und nicht mit offenen Karten spielte. Anton wollte aber Walpurga mit seinem Verdacht auf keinen Fall beunruhigen.)

Walpurga seufzte: „Ach, Anton, ich finde das alles äußerst schleierhaft. Warum kann man dagegen nix machen?“ Leise fügte sie hinzu: „Vielleicht bin i aber zu blöd, um das alles zu versteh'n!“

Anton schüttelte den Kopf. „Menschenskind, Walpurga, was red'st denn da für an Unsinn. Ich kann mir denken, wie schwer das alles für di' jetzt sein muss, aber so was kommt in der Geschäftswelt immer wieder vor. Wenn Menschen z'sammen arbeiten, gibt's halt gelegentlich Unannehmlichkeiten.“ Zu sich dachte er:

„Das ganze Schlammassel haben wir wahrscheinlich nur dem Mistkerl von Steuerberater zu verdanken.“ Anton war lange gut mit ihm ausgekommen, aber jetzt spürte er, wie der Zorn ihn übermannte. Er war verärgert, weil er sich auf den Mann blind verlassen hatte und der sein Vertrauen so schamlos missbrauchte.

„I weiß net, wie ich darüber denken soll“, seufzte Walpurga nachdenklich. Es dauerte einige Tage, bis sie endlich begriff, was da vor sich ging.

Im Laufe der folgenden Wochen verfolgte Walpurga fast täglich die Wohnungsangebote in einer Tageszeitung. Ihr Gefühl sagte ihr nämlich, dass sie sich das Haus nimmer länger würden leisten können.

„Und du weißt wirklich net, wo was zu haben wär'?“, fragte Walpurga eines Tages Christine, mit der sie sich nach wie vor in ihrem Stammcafé traf.

„Ehrlich gestanden momentan net. Aber i werd' mi mal umhören. Bestimmt gäbe es in der Stadt Salzburg Möglichkeiten, etwas zu finden, aber die Miete … die ist dir dort bestimmt z' hoch. Aber hab ka Angst, irgendwas werden wir schon auftreiben!“

Walpurga klammerte sich krampfhaft an diese Hoffnung. Sie überlegte hin und her, wie sie jetzt auf die Schnelle ein neues Zuhause für sich und Ana beschaffen könnte. Während sie so dahinsinnierte, fiel ihr unwillkürlich ihre frühere Hausfrau ein. Sie nahm sich vor, gleich am nächsten Tag bei ihr vorbei zu schauen und sie um Rat zu fragen.

Aber zu einem Gespräch sollte es nicht mehr kommen.

Der aufmerksame Briefträger Konrad Pichler, der schon zu jener Zeit, als Walpurga noch im Haus lebte, täglich die Post brachte, wunderte sich, dass der Briefkasten von Frau Ziegler bereits tagelang nicht geleert worden war. Da er nicht wusste, an wen er sich wenden sollte, verständigte er Walpurga.

Geschockt, fast schreiend rief sie: „Was ist denn los?

„I weiß nicht recht …“, unterbrach sie Herr Pichler.

„I komm' gleich.“ Instinktiv ahnte Walpurga, dass etwas passiert war, aber sie wusste nicht genau was.

Während der Fahrt zu ihrer früheren Bleibe machte sich Walpurga die heftigsten Vorwürfe, dass sie sich in letzter Zeit nie die Zeit genommen hatte, nach der alten Dame zu schauen. Sie dachte nach, wann sie eigentlich Frau Ziegler zuletzt gesehen hatte.

Als später der herbeigerufene Schlüsseldienst die Wohnungstür öffnete, riss Walpurga entsetzt die Augen auf:

„Mein Gott“, flüsterte sie und eilte zu dem Bett, auf dem die alte Dame lag.

„Frau Ziegler“, rief Walpurga aufgeregt. „Frau Ziegler … was is' mit Ihnen?“

Wenn es Walpurga auch nicht wahrhaben wollte, erkannte sie, dass Frau Ziegler tot war.

Allein, in ihrem Dasein keinen Sinn mehr sehend, hatte sich Frau Ziegler mit einer Überdosis Tabletten das Leben genommen.

Sie lag da wie eine große Wachspuppe: Reglos, kalt, der eingefallene Mund ein wenig geöffnet, die Augen geschlossen.

Der Tod war für Walpurga stets etwas Unwirkliches gewesen, ein Schicksal, das ihr und denen, die sie kannte, zu fern war, um darüber nachdenken zu müssen. Dass sie jetzt so unerwartet damit konfrontiert wurde, brachte sie gewaltig aus der Fassung.

Da Walpurga wusste, dass Frau Ziegler keine Angehörigen hatte, war es für sie selbstverständlich, dass sie jetzt das Nötigste erledigen musste.

„Wie oft hat sie mir schon geholfen, als i ihren Rat g'braucht hab', jetzt muss i tun, was getan werden muss!“, dachte sie zu sich. Spontan erinnerte sich Walpurga an den gütigen Mund, der ihr in manch schwerer Stunde Mut zugesprochen hatte. Immer wieder fragte sie sich: „Warum … warum nur?“ Ein leises, hilfloses Schluchzen schüttelte sie.

Als sie sich wieder halbwegs gefasst hatte, beschloss sie, sofort mit einem Arzt, der Polizei und Anton zu telefonieren.

Mit der Polizei und dem Arzt traf fast gleichzeitig Anton ein. Die Beamten redeten mit Walpurga, die ihnen unter Tränen nicht viel helfen konnte.

„Wir müssen alle irgendwann sterben, Walpurga, du und ich, alle“, versuchte Anton sie zu trösten.

Bei der Beerdigung auf dem Friedhof weinte Walpurga wie noch nie in ihrem Leben. Anton hatte den Arm um sie gelegt und tröstete sie leise. Walpurga weinte auch noch am Abend, als sie längst wieder daheim waren.

Nach dem Begräbnis war in Walpurga lange Zeit eine große Leere. Oft stand sie am Grab ihrer älteren Freundin und dachte an vergangene Zeiten. Dann und wann streichelte sie zärtlich über das einfache Holzkreuz, als würde sie Frau Ziegler selbst streicheln. Sie fühlte sich schuldig, dass sie nicht bemerkt hatte, wie einsam und verlassen sich Frau Ziegler gefühlt haben musste, bevor sie letztendlich nur noch diesen Ausweg sah.

Eine Woche später bekam sie einen Brief von ihrer früheren Kollegin Christine:

Meine liebe Walpurga!
I hoff, dass es dir einigermaßen gut geht. Da i aber weiß, dass di so leicht nix aus der Bahn wirft, bin i mir dessen fast sicher.
Nachdem i versprochen hab', dir bei einer Wohnungssuche behilflich zu sein, hätte sich da vielleicht eine interessante Möglichkeit aufgetan: In einem Gemeindebau – am Rand der Stadt – wird demnächst eine Wohnung frei.
Eine andere, mitten in der Stadt' –, die Miete ist daher dementsprechend hoch – kommt für dich bestimmt nicht

in Frage. I tät' dir raten, so bald wie möglich bei der zuständigen Verwaltung vorbei zu schauen. Dort kann man dir Näheres sagen.
I hoff', i konnt' dir helfen und wir sehen uns bald!
Gruß Christine

Nachdem Walpurga den Brief zu Ende gelesen hatte, strahlte sie übers ganze Gesicht. Da von Anfang an für sie klar war, dass sie nicht bei Anton einziehen würde, kam dieser Vorschlag jetzt im rechten Moment. Sie hatte sich nämlich in den Kopf gesetzt, so bald wie möglich für sich und Anna etwas Passendes zu finden.

„Wird schon schiefgeh'n", dachte Walpurga zu sich. Voller Zuversicht marschierte sie an einem der nächsten Tage zu der von Christine angegebenen Adresse hin.

Als Walpurga dort kurz ihre Lage dargelegt hatte, bat man sie einen Fragebogen auszufüllen. Nachdem die Formalitäten erledigt waren, wurde sie mit den Worten:

„Sie hören von uns!" wieder entlassen.

Fünf Tage später besichtigte Walpurga gemeinsam mit Ana zwei Wohnungen, von denen die eine zwar ihren Vorstellungen entsprach, aber, wie von Christine vermutet, die Miete entschieden zu hoch war.

Anfang der darauf folgenden Woche parkte Walpurga ihr Auto außerhalb der Stadt beim Beginn eines kurzen Häuserblocks und lief mit Ana im Schlepptau bis zu dem von der Genossenschaft beschriebenen Miethaus.

In der näheren Umgebung war kaum etwas zu hören. Kein Hundegebell, kein Kindergeschrei; absolute Ruhe.

Neugierig geworden betraten Mutter und Tochter das zweistöckige Haus. Im ersten Stock wurde plötzlich die Tür bei Nummer vier geöffnet:

„Kommen S rein, i hab Sie eh schon erwartet", sagte eine attraktive Mittvierzigerin und machte den beiden den Weg frei. „Ich bin übrigens Frau Stockinger, die zuständige Sachbearbeiterin."

Nachdem Mutter und Tochter der Aufforderung gefolgt waren und sich ebenfalls vorgestellt hatten, verfiel Walpurga in fassungsloses Staunen: „Das wär' genau das Richtige für uns", dachte sie zu sich, nachdem sie die Räume besichtigt hatte. Die Vorstellung, in dieser ruhigen Gegend wohnen zu können, traumhaft ... einfach ideal.

Ein bequemes Wohnzimmer, ein Schlafraum, ein kleines Kabinett, ein Gästezimmer, eine mit allen Schikanen ausgestattete Küche und ein Badezimmer samt Klo vervollständigten die Wohnung. Und worüber Walpurga noch äußerst begeistert war: Zur Wohnung gehörte ein kleiner Balkon, von dem aus man einen malerischen Blick auf die Berge genießen konnte.

Während der Rückfahrt saß Ana schweigend auf dem Beifahrersitz. Walpurga grübelte inzwischen hin und her, was sie tun könnte, damit ihr nicht andere diese fantastische Wohnung vor der Nase wegschnappen würden.

Plötzlich wurde sie von Ana bei ihren Gedankengängen unterbrochen:

„I kann mir net helfen", rief sie begeistert aus. „Mir tät's dort g'fall'n!"

„Na gut, wenn dir so viel d'ran liegt, dann bete, dass's was wird", sagte Walpurga schmunzelnd, während sie das Tempo beschleunigte.

Daheim wurden die beiden von Anton bereits neugierig erwartet. „Endlich seid ihr wieder da. Na, wie war's?" Nachdem ihm Walpurga alles genau erzählt hatte, sagte er: „Übrigens, bevor ich's vergess', du sollst dringend diese Christine anrufen!"

Walpurga eilte sofort zum Telefon und wählte Christines Nummer:

Walpurga hörte aufmerksam zu, was die ihr zu sagen hatte. Überraschend jubelte sie plötzlich auf: „Mensch, Christine, stell dir das einmal vor ... du und i wieder z'sammen ..." Walpurga war ganz aus dem Häuschen und wollte aufgeregt wissen:

„Und wann ... wann kann i vorbeikommen?"

„Sofern alles klappt, wie ich's mir vorstell' –, und ich hab wirklich getan, was ich konnte – nächste Woche. Diese Woche kommt's nimmer in Frage, weil Dr. Arnreiter net da is'."

Walpurga diskutierte noch am gleichen Abend mit Anton über ihre weiteren Pläne.

„Das klingt wirklich gut, das klingt sogar sehr gut", sagte er. „Aber … aber offen g'standen mach i mir scho' Sorgen, ob du das alles schaffst?"

„Ah, geh … erst mal abwarten!" Walpurga grinste. „Also weißt, glaubst vielleicht, dass es ohne di net geht?", dachte Walpurga mit einem verschmitzten Lächeln auf den Lippen zu sich. „Wenn du di da nur net täuschst … i bin a Stehaufmandl, das so leicht nix umhaut." Jahrelang hatte sie sich gefügt, ein einfaches Leben führen müssen, demnach war sie jetzt sicher, dass es auch für diese schwierige Situation eine Lösung geben würde.

Außerordentlich gut gelaunt überlegte Walpurga in der Zwischenzeit, was sie alles in ihr neues Zuhause mitnehmen würde.

Gleich zu Beginn der drauffolgenden Woche bat Walpurga um ein Gespräch mit Dr. Arnreiter. Von Christine vorbereitet, meinte er und schaute sie fragend an: „Wie ich g'hört hab', wollen S Ihre alte Stelle wieder?"

Walpurga wurde etwas verlegen. „Ja, wenn sich's irgendwie einrichten lässt, tät' ich ganz gern halbtags wieder für Sie arbeiten."

Dr. Arnreiter kratzte sich nachdenklich am Kinn. Dann lächelte er Walpurga aufmunternd zu: „Na ja, es gibt da zwar schon ein paar Bewerbungen, aber so eine tüchtige Kraft wie Sie hat natürlich den Vorrang. Wann könnten S denn anfangen?" Walpurga errötete vor Freude über das Lob und ließ ihn wissen, dass sie gleich am nächsten Tag loslegen könnte.

Dr. Anreiter lachte: „Na dann … alles Weitere erklärt Ihnen Frau Christine." Nach einem Blick auf seine Armbanduhr sagte er: „Mich entschuldigen S jetzt, ich hab' noch einen wichtigen Termin!" Dr. Anreiter schnappte sich seine Aktentasche und eilte zur Tür'. Bevor er dort ankam, blieb er abrupt stehen, wandte sich um und schlug sich mit der Hand auf die Stirn': „Jessas, da fällt mir was ein: Würd' es Ihnen übermorgen auch passen? Morgen bin ich nicht da, und im Büro is' zurzeit sowieso nicht so viel los."

Zwei Tage später konnte Walpurga ihren alten Schreibtisch wieder einräumen. Als Willkommensgruß bekam sie von ihrem alten/neuen Chef einen kleinen Stein, der ein Glücksbringer sein sollte. „Glück“, dachte Walpurga zu sich: „Glück kann i zurzeit jede Menge brauchen!“

Eine Woche danach erhielt sie die erfreuliche Nachricht, dass die Wohnung, die sie kürzlich mit Ana besichtigt hatte, sofort beziehbar wäre, allerdings eine Kaution von drei Monatsmieten im Voraus zu bezahlen sei. Walpurga brauchte erst gar nicht lange nachzudenken, ob ja oder nein. Irgendwie, dessen war sie sich sicher, würde sie das nötige Geld schon aufbringen.

Nach all' den positiven Ereignissen der letzten Tage, war sie überzeugt, dass es wie es ausschaute, endlich wieder bergauf gehen würde.

Es war für Walpurga nicht schwer, in die alte Welt zurückzukehren. Für sie gestaltete sich dieses neue Leben so, wie es einmal gewesen war. Es kam wohl großteils auch daher, weil ihr ein einfaches Leben nicht fremd war.

Sie und Ana fühlten sich mit Hund Daisy in der neuen Umgebung bald äußerst wohl.

Mit Anton, der seine frühere Eigentumswohnung wieder bezogen hatte – und von dort aus gelegentlich Aufträge entgegennahm – telefonierte Walpurga, wenn er nicht bei ihr vorbeikam, täglich. Ihre gemeinsamen Interessen waren so weit gefächert, sodass die Gespräche manchmal länger als eine Stunde dauerten. Und so, wie sie für ihn in ihrer neuen Wohnung jederzeit Platz zum Nächtigen fand, hatte auch er Platz für Walpurga in seiner Wohnung.

Ana, mittlerweile fast siebzehn, ziemlich groß gewachsen, sehr schlank, näherte sich mittlerweile dem Ende der Mittelschulzeit. Ihren Wissensdurst und ihre Lernfreudigkeit hatte sie von Walpurga geerbt. Sie bestand ihre Prüfungen großteils mit Auszeichnung. Da sie sich schon von Kindesbeinen an gerne den Tieren gewidmet hatte, wusste sie bald, dass sie sich auch beruflich einmal damit beschäftigen würde.

Bevor sich Ana aber eingehender mit diesen Gedanken befassen konnte, widerfuhr ihr etwas, das ihr Leben drastisch durcheinanderwirbelte. Ihre Zukunftspläne wurden von einem Tag zum anderen völlig zerstört:

Anfangs schenkte sie ihren ständig wiederkehrenden Bauchbeschwerden keine besondere Beachtung. Nachdem diese aber von Tag zu Tag schlimmer wurden, vertraute sie sich Walpurga an. Die suchte sofort mit ihr einen bekannten Heilpraktiker in Freilassing auf. Walpurga setzte große Hoffnung in den Therapeuten, zumal sie schon viel Gutes von ihm gehört hatte. Letztendlich konnte aber auch er Ana nicht wirklich helfen. Der „Wunderheiler" legte ihr daher nahe, nicht lange abzuwarten und einen Facharzt aufzusuchen.

Der kurz danach aufgesuchte Schulmediziner diagnostizierte lediglich „funktionelle Oberbauchbeschwerden" und gab zu verstehen: „Das hat gar nichts zu bedeuten, so was kommt bei jungen Mädchen öfter vor; gibt sich aber wieder." Er war sich scheinbar seiner Sache so sicher, dass er es nicht für nötig hielt, weitere Untersuchungen zu veranlassen.

Eines Tages schrillte am frühen Nachmittag das Telefon bei Walpurga. „Jetzt reicht's mir aber", murrte sie, weil das jetzt das dritte Mal war, dass sich irgendwer verwählte. Eine freundliche Stimme am anderen Ende der Leitung hielt sie aber im letzten Moment davon ab, sich mürrisch zu äußern.

„Tschuldigung, sprech' ich mit Frau Pfisterer?", fragte eine weibliche Stimme am anderen Ende der Leitung.

Walpurga, die gerade dabei war, die staubigen Blätter vom Gummibaum mit einem feuchten Lappen zu säubern, fragte ein wenig ungeduldig: „Ja … was gibt 's denn?"

„Ich bin Schwester Margarete vom Diakonissenkrankenhaus. Ich soll Ihnen ausrichten, dass man heute Ihre Tochter Ana mit einer Darmkolik bei uns eingeliefert hat!"

Walpurga fiel aus allen Wolken. Mit verlorenem Blick legte sie den Hörer in die Gabel und brach in Tränen aus.

Walpurga zitterte am ganzen Körper und musste sich auf einen nahe dem Telefon stehenden Sessel setzen. Sie fühlte sich wie gelähmt und hoffte verzweifelt, dass sich die Unbekannte nur einen dummen Scherz erlaubt hatte.

Plötzlich wurde sie erneut durch das Läuten vom Telefon hochgeschreckt. Walpurga sprang auf und hob beim dritten Läuten ab.

„Walpurga, bist du's?", antwortete Anton auf ihr hektisches „Hallo".

„Warum meld'st di denn so komisch?", fragte er ein wenig vorwurfsvoll.

Nachdem ihm Walpurga die Schreckensmeldung tränenüberströmt Wort für Wort erzählt hatte, folgte eine kurze Pause, dann sagte er:

„Bleib ganz ruhig, i bin glei' bei dir", und legte auf.

Es dauerte nicht lange und Antons Kopf tauchte in der Tür auf.

„I tät' vorschlagen", sagte er, nachdem er Walpurga beruhigend die Wange getätschelt hatte, „dass du gleich ins Krankenhaus fährst; i komm, wann's da recht is', mit."

Nachdem sie sich kurz danach im Krankenhaus einige Male bei einer vorbeieilenden Schwester nach dem Verbleib von Ana erkundigt hatten, verwies man sie letztendlich in einen Raum, der mittels einer Schiebetüre zu betreten war. In einem weißen Bett, umgeben von verschiedenen medizinischen Geräten und angehängt an einer Infusion, lag Ana. Die Veränderung, die Walpurga bei ihrer Tochter feststellte, war erschreckend. Ana lag wie ein Häufchen Elend da, starrte zu dem Kruzifix, das über der Tür ohne Klinke hing. Der Raum hatte keine Fenster, aber eine Klimaanlage sorgte für angenehme Temperatur.

„Ich werd' dem Oberarzt Bescheid sagen", versicherte eine im Raum bei den Apparaten hantierende Schwester. „Er ist gerad' bei der Visite."

Auf einmal wurde die Tür aufgerissen und ein Weißkittel stürmte rein.

Mit erstickter Stimme brachte Walpurga mühsam hervor: „Herr Doktor … bitte, was ist denn los?"

„So leid es mir tut", erwiderte der Arzt und zuckte unmerklich die Schultern. „Im Moment kann man noch nichts Genaues sagen. Wir müssen erst die Laborbefunde abwarten. Sie brauchen Ihna aber keine Sorgen machen. Ich bin sicher, dass alles schlimmer ausschaut, als es ist."

Walpurga wusste, dass sie etwas ungeduldig handelte, aber die Worte kamen ihr jetzt spontan von den Lippen. „Und das heißt?" Sie schaute ihr Gegenüber fragend an.

„Das heißt, dass es ... nun ja, wie gesagt ... machen S Ihna keine Sorgen, es wird scho', im Moment können wir nur abwarten!" Und so schnell, wie er bei der Tür' rein gekommen war, eilte er wieder nach draußen.

Und so war es dann auch. Nach ein paar Tagen konnte Ana das Krankenhaus wieder verlassen. Allerdings legte man ihr nahe, regelmäßig zur Kontrolle zu kommen.

Während Dr. Fichtl bei der ersten Nachuntersuchung zum Waschbecken ging, um sich die Hände zu waschen, wollte er von Ana wissen: „Nun, wie geht's?" (Dr. Fichtl war einer jener Ärzte, für die Ana später Gutachten schrieb.)

Ana zwang sich zu einem Lächeln: „Ganz gut, es geht mir zurzeit bestens!" Der Arzt sah das junge Mädchen prüfend an. „Mhmmm", meinte er und runzelte die Stirn. „Na, das wollen wir uns mal anschau'n!" Ihm leuchtete das alles nicht so recht ein. Ana sah seiner Ansicht nach immer noch sehr kränklich aus.

„Ja, sicher", meinte Ana und sehnte sichtlich ungeduldig die Zeit herbei, wo sie das Krankenhaus wieder verlassen konnte. In der Stille, die ihr bedrückend erschien, hockte Ana in ihrem Papierkittel auf dem Untersuchungstisch und beobachtete den Arzt, während er verschiedene Berichte las. „Na ja. Bis zur nächsten Untersuchung: Keine Überanstrengung, viel trinken, gesund essen und viel schlafen!"

Trotz dem erfreulichen Ergebnis blieb Walpurga besorgt. Es verging kaum ein Tag, an dem sie nicht grübelte, wie es weitergehen würde; was alles passieren könnte. Allein schon der Gedanke daran versetzte sie in Angst und Bange.

Die folgende Zeit verging wie im Flug.

Walpurga, die nach wie vor für Dr. Arnreiter arbeitete, wurde einige Wochen darauf zu ihm in sein Allerheiligstes gebeten. Sie konnte sich beim besten Willen nicht vorstellen, worüber er mit ihr reden möchte.

Nachdem sie dann mit einem komischen Gefühl im Bauch Platz genommen hatte, schaute sie ihn etwas ratlos an. Sie hatte keine Ahnung, warum Dr. Arnreiter um diese Zusammenkunft gebeten hatte. Ob er ihr vielleicht sagen wollte, dass er mit ihrer Arbeit nicht zufrieden war …

„Was genau will er mir eigentlich sagen“, dachte Walpurga zu sich. Ihr fiel auf, dass ihr Chef äußerst nervös war. Ihr schwante nichts Gutes, gar nichts Gutes.

Dr. Arnreiter räusperte sich. Dann begann er nervös zum Fenster zu gehen. Er musste sich einen Moment Zeit nehmen, um sich zu überlegen, wie er die Situation anpacken sollte. Dann wandte er sich um und fragte: „Wird Ihnen eigentlich die Arbeit hier nicht zu viel?“ Er vermied dabei Walpurga anzusehen. „Wie man 's nimmt“, sagte Walpurga nachdenklich. „Manchmal hab' ich schon das Gefühl, dass mir alles über den Kopf wächst, aber es geht schon … i … ich brauch das Geld!“

Dr. Anreiter fühlte sich unbehaglich. „Mein Anliegen mag Ihnen jetzt ein wenig herzlos vorkomme, also, um die Wahrheit zu sagen, es ist so: Bitte … bitte verstehen Sie mich nicht falsch. Aber wie Sie sicherlich schon wissen, läuft's im Moment nicht so gut bei uns. Kurzum: Ich kann mir zwei Angestellte nicht mehr leisten!“

Walpurga war im Moment sprachlos. Sie hockte da und wusste nicht, was sie sagen sollte „Ach so, so läuft der Hase!“, dachte sie zu sich. Sie hatte das Gefühl, als hätte man ihr mit einem Ruck den Boden unter den Füßen weggezogen. Nichts hätte er sagen können, was für sie zurzeit schlimmer gewesen wäre.

Nach kurzem Zögern ergänzte Dr. Arnreiter noch das Gesagte: „Ich kann Ihre Bitterkeit vollkommen verstehen, Frau Walpurga. Glauben S mir, es fällt mir wirklich nicht leicht, so etwas sagen zu müssen!“

Während er redete, bemerkte Walpurga, dass sein Blick verlegen zu Boden wanderte, so als würde er dort nach weiteren tröstenden Worten suchen.

Obwohl es Walpurga immer noch nicht glauben konnte, musste sie sich letztendlich mit der Tatsache abfinden, dass sie hier nicht mehr gebraucht wurde.

An diesem Abend brachte sie keinen Bissen runter. Während sie Anton baldiges Eintreffen herbeisehnte, stocherte sie lustlos mit der Gabel auf ihrem Teller herum. Sie war mittlerweile an einem Punkt angelangt, an dem sie allein keinen Rat mehr wusste.

„Was is'n los … denkst du über etwas Bestimmtes nach … is jemand g'storben?", wollte Anton wissen, nachdem er später Walpurga in der Küche sitzend vor sich hinstarrend aufgefunden hatte. „Ach was … das Leben kann ab und zu so verdammt unfair sein", schluchzte sie und schob ihren Teller von sich. Sie konnte es immer noch nicht fassen, dass man sie einfach „entsorgt" hatte. Eine Träne rollte ihr über das Gesicht.

Nachdem Walpurga ihre Geschichte losgelassen hatte, fragte Anton besorgt:

„Und … und du hast überhaupt keine Ahnung g'habt?"

„A wo. A Christine hat nie ein Wort fallen lassen. I will's einfach net glauben, dass sie so schäbig g'handelt hat", seufzte Walpurga verbittert, nahm sich ein Stück Brot und zerlegte es in ihrer grenzenlosen Wut und Enttäuschung nach und nach in kleine Brösel.

„Das is' schon a starkes Stück! Aber wenn du meine Meinung wissen willst: Lass jetzt den Kopf net hängen. Es hat gar keinen Sinn, lang' d'rüber nachzugrübeln. Du musst nach vorn' schau'n und das Beste d'raus machen." Er ergriff ihre Hand und fuhr nachdenklich fort: „Das G'scheiteste wird sein, wenn du dich jetzt erst mal krank meldest. Anschließend holst du dir die Arbeitslose … danach schau'n wir weiter."

Walpurga hörte aufmerksam zu und gab sich sichtlich Mühe, Antons Vorschlag richtig zu finden. „Das ist sicher keine schlechte Idee." Ihr gingen ein paar Gedanken durch den Kopf. „Wie auch immer, i dank' dir für die aufbauenden Worte", murmelte sie und versuchte die Angelegenheit locker zu nehmen.

„Und … und was is' mit dir?" fragte sie nach einer Weile, nachdem sie sich lautstark geschnäuzt hatte, und sah Anton fragend an.

„Es geht scho', mach dir wegen mir keine Gedanken", meinte Anton optimistisch.

Während der ersten Monate ihrer ungewollten Arbeitslosigkeit führte Walpurga oft längst fällige, längere Telefonate mit ihrer Mutter. Sie erwähnte nebenbei, dass zurzeit im Büro nicht so viel los sei und sie zu Hause liegen Gebliebenes aufarbeiten wolle.

„Ah so“, sagte Mathilde. „Na ja, a bisserl ausspannen tut dir bestimmt a amal ganz guat!“

„Ja, es hat wirklich sein Gutes. Endlich hab i a weng Zeit für mi ... I kann mi mittags a halbe Stund’ hinleg’n oder a Buch lesen ... irgendwas is immer los, erklärte Walpurga ihrer Mutter, war aber froh, dass sie nicht unmittelbar neben ihr war.

Natürlich stimmte das alles nicht ganz. Sie war bisher auch spielend mit ihrer Doppelbelastung fertig geworden. Aber im Moment wollte sie einfach nicht von ihren beruflichen Angelegenheiten reden.

Nachdem Walpurga alles von sich gegeben hatte, was ihr erzählenswert erschien, begann Mathilde, Walpurga mit Fragen zu löchern:

„Übrigens, unlängst hab’ i mit der Ana g’red’t. Sag, is es wahr, dass sie reiten g’lernt hat? Sie hat da was g’redet, dass es ihr sehnlichster Wunsch wär’, selber so einen Gaul zu besitzen ... Weißt d’, i hab d’rüber nachdacht und bin halt der Ansicht, dass so was reiflich überlegt g’hört! Wie geht’s ihr eigentlich? Sie hat am Telefon so merkwürdig g’klungen ...?“

„A so, hat s mit dir a d’rüber gèredet, dass sie ganz wild auf a Pferd is? A geh, des war wieder nur so a Hirng’spinst von ihr“, unterbrach Walpurga ihre Mutter. „Des hat sich aber eh mittlerweile sowieso scho’ erledigt.“

„Wieso, is vielleicht was passiert?“, hakte Mathilde nach.

Walpurga fiel ein, dass ihre Mutter noch gar nichts von Anas Gesundheitsproblemen wusste. Mit wenigen Worten erzählte sie ihr von Anas plötzlich aufgetretener Darmkomplikation; erwähnte aber nichts vom Krankenhausaufenthalt.

Damit Mathilde diesbezüglich keine weiteren Fragen stellen konnte, wechselte Walpurga rasch das Thema:

„Sag mal, wie lang’ haben wir uns jetzt scho’ net g’sehen?“

„Guat, dass du des sagst. I hab’ eh die Absicht ... is recht, wenn i Anfang der nächsten Woche zu euch komm’? Seit Marianne nimmer da is', fühl i mi manchmal ziemlich einsam! Und außerdem hat ja d Ana am Mittwoch Geburtstag."

Ohne zu überlegen, rief Walpurga: „Du wirst es net glauben, aber g'rad wollt' i dir a ' den Vorschlag machen." Und mehr zu sich sagte sie leise: „Langsam fällt mir eh die Deck' auf den Kopf." Walpurga freute sich auf das Wiedersehen mit ihrer Mutter.

Drei Tage später holte Walpurga ihre Mutter am Nachmittag vom Bahnhof ab. Bei der Begrüßung stellte Walpurga fest, dass Mathilde mit den Jahren eine hagere, verbitterte Frau geworden war.

Ana saß währenddessen mit Daisy in ihrem Zimmer und hoffte, dass sie ihrer Oma nicht zu vielen Fragen ausgesetzt sein würde.

Auf der Fahrt zu der Wohnung erzählte Mathilde Dinge, die sie besonders interessierten: von einer Mitbewohnerin, die schon längere Zeit mit ihrem Freund in wilder Ehe zusammenlebte, und von ihrer Nachbarin, die nach langer Krankheit gestorben war.

Auf halbem Weg wollte sie von Walpurga neugierig wissen: „Was war denn mit Ana los? Erzähl mir das noch mal genau, i hab's am Telefon net so richtig verstanden."

Walpurga, die sich auf die Straße konzentrieren wollte, meinte kurzerhand:

„Wir sind eh glei' daham, jetzt is' wirkli' net der richtige Zeitpunkt, d'rüber z' reden!"

„Wie du manst", sagte Mathilde und schaute ein wenig eingeschnappt beim Fenster raus.

„Oje, das wird wieder ein Frage-Antwortspiel, zu dem i eigentlich gar ka Lust hab'", dachte Walpurga zu sich.

Während der weiteren Minuten setzten sie die Fahrt schweigend fort.

„Nur no a Biegung, dann san ma da. Da vorn' kannst scho' den Wohnblock seh'n", unterbrach Walpurga das Schweigen und deutete auf das lang gezogene Gebäude.

Es war fast sechszehn Uhr, als Walpurga den Wagen anhielt.

„Mein Gott, is des a schöne Gegend'", sagte Mathilde und betrachtete bewundernd die Landschaft. „I glaub's, dass di da wohl fühlst!"

Daheim wurden sie von Ana und Hund Daisy, die sich mittlerweile zu einer stattlichen Hundedame entwickelt hatte, bereits erwartet. Mathilde hatte kaum Gelegenheit ihre Habseligkeiten abzustellen, schon war Daisy da und beschnüffelte sie eingehend.

„Mir scheint, du bist a ganz G'schaftige", mahnte Mathilde schmunzeln. Dann wandte sie sich Ana zu und begann mit ihr über Alltägliches zu reden. Nachdem sie Ana eine Weile gemustert hatte, meinte sie mit hochgezogenen Augenbrauen: „Na, und du! Ein paar Kilo mehr auf den Rippen täten dir a net schaden!"

„Na geh ... was du wieder hast", wehrte Ana etwas aufmüpfig ab. Am liebsten wäre sie davongerannt, und hätte ihre Großmutter stehen lassen. Stattdessen ließ sie die Bemerkung über sich ergehen, aber innerlich brodelte es in ihr.

Während der folgenden Tage raffte sich Walpurga doch einmal auf und erzählte ihrer Mutter von der geschäftlichen Niederlage und Anas plötzlich aufgetretener Darmkolik.

Interessiert lauschte Mathilde Walpurgas Schilderung.

„Ja, des is dumm, so was Ähnliches hab' i mir aber schon g'dacht. Is' ka leichte Situation für di'; aber für den Anton a net. Geh", tates Mathilde mit einer Handbewegung ab. „Du packst des scho', du bist a Stehaufmandl ... da hab' i gar' kane Bedenken! Und was 'd Ana betrifft: Um ganz offen zu sei', Walpurga", sagte Mathilde nach einer Weile „trau' i dem Ganzen net so ganz. Die sagen immer: Man kann nix Genaues sagen ... man muss abwarten ..."

„Ja, und g'rad das gibt mir zu denken", sagte Walpurga mit einem bitteren Ton.

In diesem Augenblick kam Ana ins Zimmer. Sie erkannte sofort, dass von ihr geredet wurde, wandte sich um und verließ ohne ein Wort zu sagen den Raum.

Schweigend sahen sich Mutter und Tochter an. Walpurga seufzte, dann meinte sie mit leiser Stimme: „Du siehst ja, wie d' Ana reagiert, wenn über sie g'redet wird."

„Des tut ma jetzt leid. Aber was is' scho' Geheimnisvolles dran?", meinte Mathilde und streichelte über Daisys glänzendes Fell.

„Eh nix, aber sie will eben leben, wie wenn nix gewesen wär'", gab Walpurga mit nachdenklicher Miene zu bedenken.

Ungehaltenen schüttelte Mathilde den Kopf und tat die Haltung ihrer Tochter mit der Hand ab:

„So was Blödes." Mathilde fühlte sich gekränkt. „Lächerlich … wenn man net amal d'rüber reden darf …"

Etwas später, noch am gleichen Tag, meinte Mathilde verärgert: „I glaub', es is besser, wenn i wieder z'sammen pack und ham fahr'!"

„Aber geh, sei do net gleich beleidigt. Aber wenn d' unbedingt willst … meinetwegen, tu, was du net lassen kannst" sagte Walpurga etwas aufgewühlt. Sie konnte das Verhalten ihrer Mutter nicht begreifen.

Trotz Walpurgas Versuche, sie umzustimmen, packte Mathilde nach zwei Tagen ihre Habseligkeiten wieder zusammen. Bevor sie sich zusammen mit Walpurga auf den Weg zum Bahnhof machte, übergab sie Ana ein Packerl und wünschte ihr alles Gute zum Geburtstag; sah sie aber dabei streng an.

Walpurga, die das alles beobachtete, schüttelte verständnislos den Kopf und murmelte: „Sei do net so, Mama!"

„Warum?, fragte Mathilde pampig. „Fangst jetzt an mit mir zu schulmeistern?"

„Du liebe Güte, i schulmeistere überhaupt net", entgegnete Walpurga und bemühte sich ruhig zu bleiben. „Überleg dir aber gut, was du jetzt machst."

„In einer Stunde geht mei' Zug", bemerkte Mathilde nervös und schielte auf ihre Armbanduhr.

Bevor sie abfuhren, schaute sie noch einmal zurück und sah gerade Ana hinterm Vorhang verschwinden.

„Hoffentlich seh'n wir uns bald wieder mal, dann vielleicht ohne irgendwelche Zwistigkeiten", sagte später Walpurga zu ihrer Mutter, während Mathilde den überfüllten Zug, der sie zurück nach Kremsmünster bringen sollte, bestieg. Obwohl sich Walpurga bemühte, nach außen hin beherrscht zu bleiben, kam sie gegen die Gereiztheit, die sie ihrer Mutter gegenüber empfand, nicht an.

„Schau' ma mal", murmelte Mathilde, bevor sie die Waggontür hinter sich schloss.

Während der Heimfahrt grübelte Walpurga, was denn der tatsächliche Auslöser für Mathildes plötzlichen Aufbruch gewesen sein könnte.

Es begann langsam dunkel zu werden, als sie bei ihrem Wohnblock wieder um die Ecke bog.

Am nächsten Tag frühstückten Ana und Walpurga zusammen wie immer. Sie redeten allerhand belangloses Zeugs. Jeder vermied die Geschehnisse der vergangenen Tage zu erwähnen.

Mitten in der Unterhaltung sagte Walpurga ganz beiläufig: „Sag mal, du hast uns doch am Dienstag zug'hört?" Sie wollte einfach Gewissheit.

Ana starrte ihre Mutter erstaunt an und sagte dann: „Na ja, die Tür war net ganz zua, und ihr wart ja net g'rad leise."

„Geh, sei do net so empfindlich", mahnte Walpurga. „Laß di do net immer glei' aus der Fassung bringen. Scho' gar net von der Oma. Du musst net alles, was sie sagt, so furchtbar ernst nehmen." Nachdem sie einen Moment überlegt hatte, sagte sie:

„Was hältst davon, wenn wir irgendwohin gemütlich essen gehen? Es is' zwar erst", Walpurga warf einen Blick auf ihre Armbanduhr, „erst kurz vor halb elf. Aber wir könnten vorher noch einen Bummel machen, da werden wir schon Hunger kriegen. Was sagst d'dazu?"

„Hm, hört sich gut an. Trotzdem, i tät' mi lieber wieder hinleg'n. I fühl mi heut' net so besonders."

Walpurga zwang sich zu einem Lächeln. „Na ja, aufg'schoben is' ja net aufg'hoben", murmelte sie und schaute nachdenklich vor sich hin.

Im Laufe der Zeit verschlechterte sich Anas Zustand wieder. Dazu kam noch Daisys rasant fortschreitende Nierenerkrankung. Die Tierärztin war nach langem Hin und Her der Meinung, dass man das Tier nicht länger unnötig leiden lassen sollte. In Beisein von Walpurga, Ana und Anton wurde der Hund eine Woche später eingeschläfert. Danach war eine Zeit lang nichts mehr so wie vorher und es dauerte einige Zeit, bis Ana endgültig begriff, dass Daisy nicht mehr da war.

Ana, die fest entschlossen war, die Matura zu bestehen, musste ihr Vorhaben leider aufgrund ihres kränklichen Befindens vorzeitig aufgeben. Ihre Verfassung war bereits derart schlimm, dass es für sie fast unerträglich wurde, irgendwo länger zu sitzen. Ihren Traum, später einmal mit Tieren zu arbeiten, hatte sie schon längst endgültig begraben.

Aufgrund ihres Gesundheitszustandes waren ihre Zukunftspläne von einem Tag zum anderen völlig zerstört.

Mit fast neunzehn war sie nicht nur körperlich, sondern auch seelisch erheblich angeschlagen. Nachdem sie keinesfalls Walpurga länger als unbedingt nötig auf der Tasche liegen wollte, durchforschte sie von nun an täglich die Zeitung und versuchte, in ihrer näheren Umgebung eine für sie passende Arbeitsstelle zu finden. Sie war fest davon überzeugt, dass ihr das Schicksal gnädig zur Seite stehen würde.

Es gab zwar verschiedene Vorstellungsgespräche, die aber letztendlich alle wegen ihres Krankheitsbildes abgesagt wurden.

Abgesehen davon, dass sie ohnehin mit ihren ständig anhaltenden Darmproblemen zu kämpfen hatte, plagten sie jetzt auch noch permanente Magenschmerzen.

Zu guter Letzt riet man Ana, sich wieder in stationäre Behandlung zu begeben. Das Liegen verschaffte ihr zwar eine gewisse Linderung der Schmerzen, aber sobald sie wieder auf den Beinen war, waren sie wieder da, diese Plagegeister.

Eines Tages gab es für Ana völlig unerwartet eine Wende:

Es war ein ganz normaler Abend, an dem sie – wie sie's in letzter Zeit täglich tat – ihre Tages-Erlebnisse niederschrieb. Während ihrer Aufzeichnungen kam ihr plötzlich der Gedanke, Gutachten für Ärzte zu schreiben. Sie nahm sich vor, gleich am nächsten Tag, in dem Krankenhaus, das ihr mittlerweile nicht mehr fremd war, nachzufragen, ob es diesbezüglich etwas für sie zu tun gäbe.

Ihr Anliegen wurde zu ihrer Freude nicht abgelehnt. Sie bekam die Zusage, dass man es zunächst probeweise mit ihr versuchen würde.

Ana hatte einen ihrer glücklichen Tage, war sich aber durchaus bewusst, dass sie für derartige Aufgaben unbedingt eine fachliche Kenntnis brauchte. Demnach wurde sie vom zuständigen Personal eingearbeitet und dank ihrer raschen Aufnahmefähigkeit konnte sie nach wenigen Tagen selbstständig die Berichte von einem Diktiergerät abtippen.

Zwischen den Ärzten und Ana entwickelte sich ein sehr gutes Arbeitsverhältnis und sie fühlte sich in ihrem Aufgabenbereich äußerst wohl, auch wenn ihr von Anfang an klar war, dass diese Tätigkeit vielleicht nicht von langer Dauer war. Doch vorerst war sie froh und dankbar etwas tun zu können, das ihrer Vorstellung entsprach und ihr Spaß machte; auch wenn es hin und wieder Intrigen gab.

All das veranlasste Ana dazu, sich eine eigene, kleine Wohnung zu suchen, wo sie aufgrund ihrer Probleme ungestört von daheim aus diverse Gutachten schreiben konnte. Nach Absprache mit den Ärzten bekam sie ohne Wenn und Aber bald die Genehmigung dazu. Somit war es ihr möglich, sich die Arbeitszeit selbst einteilen und jederzeit bei Bedarf eine Pause machen können.

Unverhofft schlug einige Monate später das Schicksal erneut mit aller Wucht zu:

Wie schon öfter legte sie sich am Abend hin, als sie plötzlich von akuten Bauchschmerzen befallen wurde. Ihr erster Verdacht war, möglicherweise etwas Falsches gegessen zu haben. Nachdem die Schmerzen aber immer heftiger und fast unerträglich wurden, rief sie Walpurga an.

Ganz verzweifelt jammerte sie: „Was soll i nur machen, i halt das nimmer aus?“

Während Walpurga besorgt versuchte Ana zu beruhigen, kümmerte sich Anton um den Transport in ein Krankenhaus.

Ana sah von Tag zu Tag erbärmlicher aus. Mager wie ein Gerippe, die Augen in tiefen Höhlen, bot sie ein jammervolles Bild.

„Sie stirbt ... Die Ärzte meinen, dass kaum noch Hoffnung besteht“, sagte Walpurga nach ein paar Tagen zu Anton. Allein der Gedanke war für sie unerträglich und sie befand sich nah einem Nervenzusammenbruch.

„Mensch, Walpurga, jetzt mach dich nicht verrückt“, fiel ihr Anton heftiger, als er es wollte, ins Wort. „Find’st net, dass d die Dinge a wenig dramatisierst?“ Er zog die Augenbrauen hoch und murmelte: „Was mi betrifft, seh i wahrscheinlich die G'schicht' a bisserl nüchterer."

„Kann scho' sei", entgegnete Walpurga und seufzte.

Mindestens zwei Mal in der Woche kam er am späten Nachmittag bei Walpurga vorbei und ging erst am nächsten Morgen wieder. Er bemühte sich so gut es ging Walpurga aufzuheitern, indem er versuchte, ihr nach Möglichkeit jeden Wunsch von den Augen abzulesen.

Nach ungefähr vierzehn Tagen trat dann ein fast unglaubliches Wunder ein: Überraschend verbesserte sich Anas Zustand, und sie konnte nach ein paar Tagen das Krankenhaus wieder verlassen. Man legte ihr aber nahe, sich unbedingt zu schonen, brav die zugeordneten Medikamente nehmen und … was für sie besonders hart war, keinesfalls ein Pferd zu besteigen.

Ana folgte gewissenhaft diesen Anweisungen und fühlte sich Tag für Tag besser.

Sie sah ein, dass ihr zurzeit nichts anderes überblieb, als sich ausschließlich ihrer Schreiberei zu widmen; was sie nach wie vor von daheim aus machen konnte.

Walpurga wusste anfangs nicht so recht, wie sie mit der Situation umgehen sollte. Sie war froh und dankbar, dass Anton da war, bei dem sie gelegentlich ihre düsteren Gedanken los werden konnte. Ihr eigenes seelisches Befinden verschlimmerte sich aber nach und nach merklich. Sie stand immer öfter neben sich, vermied, wenn es irgendwie möglich war, den Kontakt zur Außenwelt. Sie war einfach an einem Punkt angelangt, an dem sie ohne professionelle Hilfe nicht mehr weiterwusste.

„Nein, das kann so nicht bleiben", sagte sie sich eines Tages und suchte eine bekannte Neurologin auf.

Während der ersten Sitzung wollte diese in Erfahrung bringen, was denn die Ursache ihrer Niedergeschlagenheit war. Bereitwillig erzählte Walpurga von ihrer trostlosen Kindheit … von ihrer kaputten Ehe … der geschäftlichen Niederlage und zuletzt von der Krankheit ihres einzigen Kindes. Die Ärztin verordnete ihr daraufhin Beruhigungstabletten und zusätzliche Psychopharmaka. „Die nehmen S drei Mal täglich und in vierzehn Tagen seh'n wir uns wieder."

Obwohl Walpurga die ihr verschriebenen Medikamente gewissenhaft schluckte, blieben die gewünschten Wirkungen aus. Nachdem sie das der Neurologin beim nächsten Besuch wissen ließ, versuchte die es mit einem anderen, stärkeren Medikament. Daraufhin waren Walpurgas Gefühle gemischt. Einerseits ermutigte sie die Hoffnung auf ein besseres Befinden, gleichzeitig wollte sie weg von diesen Dingern.

Ein paar Tage danach redete Walpurga, als sie wieder von einer Sitzung mit der Therapeutin heimkam, zufällig mit ihrer Wohnungsnachbarin Frau Ertl über ihre Probleme. Frau Ertl war eine jener Personen, der nichts verborgen blieb und die sich gern mit den Hausparteien unterhielt. Die erfahrene Frau um die fünfzig steckte sich eine Zigarette an und meinte nachdenklich: „Finden S das wirklich klug, meine Liebe? Wie schnell kann man mit solchen Medikamenten in die Abhängigkeit rutschen; von den ständigen Unkosten ganz zu schweigen."

Da Walpurga das keinesfalls wollte, war sie fest entschlossen, die Behandlung abzubrechen und ihr Leben wieder selbst in die Hand zu nehmen. Sie war sicher, dass sie aus eigener Kraft wieder aus dem tiefen Loch kommen konnte. Allerdings musste sie sich eingestehen, dass diese Sitzungen schon auch etwas Gutes hatten: Es war jemand da gewesen, der ihr ohne Wenn und Aber zuhörte; mit dem sie sich ohne Einschränkung hatte aussprechen können.

Später, am Abend hielt es Walpurga für angebracht, Anton von der Unterhaltung mit Frau Ertl zu erzählen. „Gott sei Dank, bist d' zur Vernunft kommen", sagte er und seufzte erleichtert auf, nachdem ihm Walpurga ihren Entschluss mitgeteilt hatte. „Du wirst seh'n, dass es auch ohne diese blöden Pillen wieder aufwärts geht. Dann wirst bestimmt nimmer wie ein Häufchen Elend herumrennen", meinte er und nickte ihr aufmunternd zu.

Trotzdem Walpurga ihr Bestes tat, sich nach außen hin nichts anmerken zu lassen, war nach wie vor die Befürchtung in ihr, dass sich die Schwierigkeiten der Vergangenheit wiederholen würde.

Bis sie eines Tages einen Anruf bekam, der sie insgeheim ziemlich freudig stimmte:

„Hallo, Walpurga! Hab' schon endlos lang' nix von dir g'hört. Jetzt dachte i, dass es Zeit wär' einmal nachz'frag'n, wie 's dir so geht!"

„Hm ... mit wem sprech' i' denn?", fragte Walpurga in einem leicht ironischen Ton.

„Aber, Walpurga", kam die Antwort. „Is' denn das die Möglichkeit? Da is' d' Christine ... Jetzt bin i' aber enttäuscht!"

Natürlich hatte Walpurga die Stimme ihrer früheren Arbeitskollegin Christine sofort erkannt. Trotzdem Christines damalige verletzende Haltung schon so lange zurücklag, war immer noch eine Spur Bitterkeit bei Walpurga da.

„Tut mir leid, dass i di net gleich erkannt hab'", entschuldigte sich Walpurga. Insgeheim freute sie sich aber über Christines Anruf.

So, wie wenn nie etwas gewesen wäre, fragte Christine: „Wie geht's dir denn, altes Mädchen? Lang' is her, dass i von dir g'hört hab'. Hättest du was dagegen, wenn wir uns in den nächsten Tagen einmal treffen? Es wär' nett, wieder wie in alten Tagen so richtig miteinander z' quatschen!"

Walpurga zögerte einen Moment, dann sagte sie: „Das is' keine schlechte Idee, es is eh dringend nötig, dass i mal raus komm', da fällt mir sowieso langsam die Deck' auf 'n Kopf! Sag'n wir morgen gegen drei im „Fassl". Weißt noch, das kleine Lokal um die Ecke von mir?"

Kleine Pause, dann sagte Christine: „Ja, gibt's des noch? Wie a immer, i freu' mi'."

Die beiden trafen sich nach langer Zeit wieder. Als Walpurga das kleine Büfett betrat, wartete ihre ehemalige Kollegin bereits auf sie. Walpurga hatte etwas Mühe, ihre nervöse Erregung zu verbergen.

Nachdem das anfänglich verlegene Verhalten überwunden war, setzten sie sich nahe dem Fenster an einen runden Tisch. Zunächst unterhielten sie sich über belanglose Dinge. „Auf unser Wiedersehen, auf uns!", sagte Christine, nachdem sie bei der vorbeieilenden Serviererin zwei Gläser Prosecco bestellt hatte.

Bewusst erwähnte Christine später nichts von der gemeinsamen Zeit bei Dr. Arnreiter. Unter keinen Umständen wollte sie alte Wunden aufreißen.

Wie wenn Walpurga Christines Gedankengänge geahnt hätte, sagte sie und hob dabei abwehrend die Hand, um Christines etwaigen Einsprüchen zuvorzukommen:

„Christine, bitte versteh mi' net' falsch, aber mi' interessiert die alte G'schicht' von damals nimmer!"

Dann erzählte sie Christine mit wenigen Worten von den Schicksalsschlägen, mit denen sie in jüngster Vergangenheit zu kämpfen hatte. Nachdem Walpurga mit ihrer Erzählung fertig war, seufzte Christine: „Mein Gott! I kann nachempfinden, wie es in dir ausschaut. Jetzt is' mir manches klar. Auch, warum du psychische Probleme bekommen hast!"

Walpurga bemerkte, dass Tränen in Christines Augen schimmerten.

„Na, ja, einige Angelegenheiten schienen ja gelöst – aber dann war auf einmal diese … diese verdammte Depression da." Walpurga räusperte sich und murmelte vor sich hin: „, Bitte wechseln wir das Thema. Red'n wir lieber von dir und wie es dir in der vergangenen Zeit so ergangen is'?"

„Bei mir hat sich viel getan, verändert …", begann Christine die Geschichte ihrer letzten Jahre. „Wie du di vielleicht no erinnerst, bin i geschieden und leb' allan'. Mei' Tochter hat sich vor langer Zeit in Schweden niederg'lassen und hat später dort geheiratet. Und i … i bin in Pension und gottseidank niemandem mehr Rechenschaft über mein Tun und Lassen schuldig."

Nachdem Christine alles von sich gegeben hatte, was ihr erzählenswert erschien, wollte sie von Walpurga wissen:

„Und du hast außer mir niemand, mit dem du ab und zu reden kannst?" Sie betrachtete Walpurga eine Weile. Dann, ohne eine Antwort abzuwarten fügte sie hinzu: „Was würdest du davon halten, wenn wir uns gelegentlich wie in alten Zeiten wieder ab und zu treffen; hättest du Lust?"

„Wenn du 's genau wissen willst", sagte Walpurga, „das wollt' i a g'rad' vorschlagen. Wie schaut's mit nächsten Mittwoch am Nachmittag so um drei bei dir aus, oder hast du da schon was vor?"

Christine überlegte kurz, dann meinte sie: „Warum eigentlich net? Also dann bis Mittwoch in dem kleinen Bistro bei dir ums Eck!"

Den Rest des Tages verbrachte Walpurga in Gesellschaft von Anton. Beim Abendessen erzählte sie ihm von ihrem Treffen mit Christine und auch, dass sie sich jetzt öfter sehen würden. „Um ganz ehrlich zu sein, leide i schon lang' unter der Einsamkeit; fast unerträglich", sagte Walpurga nach einer Weile mit unterdrückter Heftigkeit. „I hab' 's so satt … so satt, tagaus, tagein herumzusitzen und nur auf di' oder deinen Anruf z' warten!"

Anton legte beide Arme um Walpurga und hielt sie eine Weile fest.

„Kann scho' sein", sagte er nachdenklich, „dass du dir zurzeit ein wenig überflüssig vorkommst." Nach einer kurzen Denkpause fuhr er fort. „I hab in der Hinsicht a schon nachgedacht. Ehrlich g'sagt bin ich sogar froh, dass jetzt außer Ana und mir wer da is', mit dem du an näheren Kontakt hast. Es wird dir bestimmt guttun!"

„Wenn i di' also richtig verstanden hab', hast d' nix dagegen, wenn i mi gelegentlich mit Christine treff'? Dann wär' i a nimmer so allane", dachte sie. Walpurga schaute Anton ein wenig hilflos an.

„A wo, wie i schon g'sagt hab', bin i sogar froh, wenn sie sich deiner ein wenig annimmt!"

Beim nächsten Treffen mit Christine wollte diese nebenbei von Walpurga wissen: „Und, habt ihr schon Hochzeitspläne?"

Entgeistert sah Walpurga Christine an. Diese direkte Frage brachte sie jetzt in arge Verlegenheit. Ohne weiter zu überlegen, platzte es aus ihr heraus:

„Eigentlich bin i d'rauf überhaupt net scharf." Walpurga überlegte einen Moment, wie sie das begründen könnte. „Na, i heirat' mit Sicherheit nimmer! Wir sind a so zufrieden."

„Warum eigentlich net, wo liegt das Problem?", erwiderte Christine erstaunt. „Wie i weiß, is' Anton doch ein g'schickter, tüchtiger Kerl, der genau weiß, was er will." „Ah ja, meinst du! I will mi a gar net beklagen", sagte Walpurga lebhaft. „Aber einmal reicht – und das a nur, weil i heiraten musste. Aber …

aber du scheinst ja diesbezüglich den ganz großen Überblick zu haben." Fast trotzig fügte sie hinzu: „Mag schon sei', dass mit mir was net stimmt. Aber wer einmal des erfahren hat, was i erfahren hab, dem reicht's! I bin a froh, dass i nur die Ana hab'. Was machen bloß die Frauen, die mit drei oder mehr Kindern allane dasitzen? Na, des Thema Heirat is' für mi' ein für alle Mal abg'hakt." Nachdem sie einen Schluck aus ihrer inzwischen fast kalten Kaffeetasse getrunken hatte, meinte sie noch: „Wie auch immer, du wirst di d'ran gewöhnen müssen." Walpurga starrte hilfesuchend zur Decke.

„Hör auf, komm wieder runter von der Palme", sagte Christine und legte beschwichtigend ihre Hand auf Walpurgas Hand. Sie konnte durchaus verstehen, dass Walpurga dieses Gespräch unangenehm sein musste; doch sie konnte es sich nicht verkneifen noch zu sagen: „Wie dem auch sei, vielleicht überlegst dir's doch!" Eine Weile blieb es still zwischen ihnen.

Walpurga seufzte tief auf. Ein drohender Unterton war in ihrer Stimme, als sie sagte: „Spar dir deine weiteren Äußerungen." Nach einem Blick auf ihre Armbanduhr entschuldigte sie sich: „Sei net bös', aber i mach mi jetzt besser auf den Weg." Sie hatte einfach dieses Frage- und Antwortgespräch satt.

Der Tag nach der Unterhaltung mit Christine war ein extrem trüber Donnerstag. Walpurga hatte gehofft, ein bisschen länger schlafen zu können. Aber so sehr sie sich auch bemühte, sie konnte nach einem kurzen Aufenthalt im Bad nicht mehr so richtig einschlafen. Sie wusste nicht, wie spät es war. Sie lag wach, die Augen an die Decke gerichtet, und dachte über ihr Leben nach. Während sie so dalag, gingen ihr tausend Gedanken durch den Kopf. Sie kam zu dem Entschluss, dass es so nicht weitergehen konnte. Sie musste ganz dringend heraus aus diesem tiefen Loch.

Wie sie so dahin grübelte, erinnerte sie sich plötzlich an Frau Osterkorn, eine ehemalige Klientin, die seinerzeit eine leitende Stelle bei der Salzburger Gebietskrankenkasse innehatte. Daher fasste sie den Entschluss zu ihr zu gehen und sie zu fragen, ob sie eventuell bei einer Jobsuche behilflich sein konnte. „Mehr als nein kann sie ja net sag'n", überlegte Walpurga.

Also versuchte sie ihr Glück zu finden. Gleich am nächsten Morgen parkte sie ihren alten, aber immer noch fahrtüchtigen Ford in der Tiefgarage von dem großen Gebäude. Im Erdgeschoss angekommen, herrschte dort schon reges Treiben.

Nachdem Walpurga zusammen mit einer Portion Mut und Selbstvertrauen nach langem Suchen das Büro von Frau Osterkorn betreten hatte, erkannte die freundliche Frau um die fünfzig Walpurga sofort wieder.

„Ich freu' mich ... ich freu mich ehrlich, Sie zu sehen", sagte sie in herzlichem Ton. „Es ist ja endlos lang' her, als ich zuletzt in der Kanzlei von Dr.Aufreiter zu tun gehabt hab', Frau Walpurga ..., äh ... wie war gleich Ihr Nachname?" Walpurga seufzte und meinte: „Pfisterer, aber Walpurga is' scho' in Ordnung." Sie überlegte einen Moment und fuhr dann mit ernster Miene fort: „Ich befind' mich derzeit in einer Krise, aus der ich schleunigst wieder raus muss." Nachdem das geklärt war, erzählte sie Frau Osterkorn in Kurzform ihre Geschichte. Sie hätte im Moment viel dafür gegeben, dieses Gespräch nicht führen zu müssen.

„Das ist ja unglaublich! Ich bedaure Sie. Aber wie s scheint, haben Sie alles mehr oder weniger gut verkraftet."

„Ja schon, aber i hab auch nicht viel Auswahl g'habt: Mi vor den Zug werfen oder mi vom Mönchsberg stürzen. Zu beidem fehlte mir der Mut; außerdem hab' ich eine Tochter, die ich net allein lassen will. Also bleibt nur noch eine Möglichkeit. Um ehrlich zu sein, wollt i jetzt in meiner seelischen Not fragen, ob Sie mir eventuell helfen könnten", beendete Walpurga ihren Redeschwall.

„Na ja, soviel ich weiß, ist zurzeit alles belegt. Aber ich kann mich ja mal umhören. Irgendwas wird sich schon machen lassen. Versprechen kann ich allerdings nichts. Aber bleiben S auf alle Fälle weiterhin so mutig", sagte Frau Osterkorn nachdenklich, bevor sie Walpurga wieder verabschiedete. Es ging auf Mittag zu, als sie ihr Auto wieder am Parkplatz vor dem Wohnhaus parkte.

Ein paar Tage später bekam Walpurga die erfreuliche Information, dass sie Anfang des nächsten Monats beim Parteienverkehr anfangen könnte.

Walpurga seufzte unwillkürlich erleichtert auf. Ihrem Gesicht war deutlich anzusehen, dass ihr damit ein Stein vom Herzen gefallen war. „Manchmal g'scheh'n doch noch Wunder!“, redete sie vor sich hin.

Der relativ abwechslungsreiche Job machte ihr großen Spaß. Das Gebrauchtwerden tat ihr ganz gut. Abgesehen davon, dass es eine Umstellung war – der Umgang mit Ausländern erschien ihr nämlich zunächst etwas beschwerlich – lebte sie sich rasch ein. Was ihr aber in dieser Zeit zugutekam, war, dass ihr der Bürobereich nicht fremd war und sie einen überaus großen Optimismus und Kampfgeist besaß.

Walpurga verließ jeden Morgen zeitig ihre Wohnung, fuhr zu ihrer Arbeitsstätte und verließ diese erst wieder am späten Nachmittag.

Um Ana brauchte sich Walpurga längst keine Sorgen mehr machen. Das Mädchen war in den letzten Jahren zu einer selbstständigen jungen Frau herangewachsen. Eine Vaterfigur war nicht da – ein Vater, an den sie sich kaum erinnerte.

Schon lange lebte sie in einer kleinen Mietwohnung, von wo aus sie nach wie vor Gutachten für Ärzte schreiben konnte. Ärzte von jenem Krankenhaus, indem sie einmal selber Patientin war. Sie lebte äußerst bescheiden. In diesem Punkt geriet Ana ganz nach ihrer Mutter Walpurga.

Trotz ihrer anmutigen Erscheinung und dem Interesse, das sie bei der Männerwelt erweckte, existierten diese aber für sie nicht. Für Ana gab es nur eine Leidenschaft: ihre Arbeit. Als sie einmal nach einer festen Beziehung gefragt wurde, meinte sie nur achselzuckend: „Nun hört schon auf, daran bin i zurzeit net wirklich interessiert.“ Leise fügte sie hinzu: „Es is' sowieso alles kompliziert genug, außerdem kommt eh selten was g'scheit's dabei raus.“ Woher diese Ansicht kam … sie konnte es sich selber nicht genau erklären.

Anfangs fühlte sich Walpurga so, wie es war, ganz wohl. Sie genoss es, tun und lassen zu können, was und wie sie's wollte.

Aber nach und nach machte ihr die Zurückgezogenheit enorm zu schaffen und sie wusste nicht recht, wie es weitergehen sollte. Dazu kamen jetzt auch noch finanzielle Engpässe. Ihr Erspartes war fast aufgebraucht. Der Verdienst bei der Krankenkasse war nicht überragend, sodass sie keine weiten Sprünge machen konnte. Walpurga überlegte hin und her, womit sie ihre Finanzen ein wenig aufbessern könnte. Auf keinen Fall wollte sie mit ihren Problemen Anton oder ihre Mutter belästigen. Sie war sicher, dass sie das – wie schon so oft – alleine wieder auf die Reihe bringen würde. Sie musste nur dafür sorgen, dass zusätzlich Geld hereinkam. Es blieb ihr also nichts anderes über, als wieder täglich die Zeitung zu durchforsten, in der Hoffnung, bei den Stellenangeboten etwas Passendes zu finden.

Eines Tages las sie: „Pension Hedwig sucht stundenweise eine Stuben-/Servierkraft."

„Das wär' doch was für mich", dachte Walpurga und schrieb sich Name und Adresse auf. Sie nahm sich vor, gleich am nächsten Tag dort anzufragen. Walpurga atmete tief durch und murmelte in sich hinein: „Ganz so einfach wird diese Doppelbelastung zwar net werden, aber schau'n ma amal!" Ausgerüstet mit guten Vorsätzen und positiv denkend: „Du schaffst das schon irgendwie", erschien sie mit einer Gelassenheit – als sei es das einfachste auf der Welt – pünktlich zum vereinbarten Termin. Auf Anhieb schien die etwa vierzigjährige, etwas wohlbeleibte Pensionsinhaberin Frau Hedwig sehr nett zu sein. Das Vorstellungsgespräch mit ihr verlief relativ locker. Nachdem Walpurga aufgrund ihrer früheren Tätigkeit ohne längere Diskussionen eingestellt wurde, konnte sie bereits ein paar Tage danach mit ihrer Tätigkeit beginnen. Was dabei sicherlich eine große Rolle spielte, war, dass sie entsprechende Erfahrungen mitbrachte. Die Arbeit machte ihr Freude, aber das war es nicht allein. Es war vor allem die Tatsache, dass sie überhaupt arbeiten und Geld verdienen konnte.

Es dauerte aber nicht lang, und die langjährig beschäftigte Hermine begann Walpurga das Leben schwer zu machen. Ständig hatte sie an Walpurgas Arbeit etwas auszusetzen. Einmal passte ihr dieses, mal jenes nicht. Sie konnte es einfach nicht akzeptieren, wenn Walpurga andere Ansicht war als sie. Nur was sie sagte, war von Bedeutung.

Eines Tages wurde es Walpurga zu bunt und sie ließ Frau Hedwig wissen, dass sie aus familiären Gründen das Arbeitsverhältnis wieder lösen müsse. Sie gab auch dem Drängen ihrer Chefin nicht nach, nachdem diese sie hatte überreden wollen, sich's noch einmal zu überlegen. Den Blick auf ihre Hände gerichtet und verbissen nach einer weiteren Notlüge suchend meinte Walpurga: „Das geht net, i werd' z'Haus dringend gebraucht."

„Schad'", sagte Frau Hedwig, nachdem sie eingesehen hatte, dass jedes weitere Wort zwecklos war. „Wir werden Sie vermissen!"

„Und i, i werd' a was vermissen", dachte Walpurga zu sich, „nämlich den zusätzlichen Verdienst." Die meisten ihrer Gedanken kreisten jedoch um die weitere Existenz.

Von da an hieß es für Walpurga den Gürtel noch enger schnallen, als sie's eh schon tun musste, und mit den Einkünften der Krankenkasse so gut es ging schau'n, wo sie blieb.

Doch dann geriet dieses halbwegs ausgeglichene Leben in weitere Unordnung:

Es war Anfang September gegen Ende ihres Arbeitstages. Walpurga bereitete sich gerade vor, ihren Schreibtisch für den nächsten Tag herzurichten, als sie zur obersten Stelle, Direktor Wegener, gerufen wurde. Als sie das Büro betrat, kam ihr ein stattlicher, gutaussehender Mann um die fünfzig Jahre entgegen und bat sie, Platz zu nehmen.

Als er sich ebenfalls wieder auf seinem Drehstuhl niedergelassen hatte und in der vor ihm auf seinem Schreibtisch liegenden Aktenmappe geblättert hatte, meinte er, ohne seinen Blick Walpurga zuzuwenden:

„Na, wie geht's, Frau Pfisterer? Wie ich seh', haben Sie kürzlich den Sechziger gefeiert! Nachträglich herzlichen Glückwunsch!" Dann ging er mit langsamen Schritten zum geöffneten Fenster und schloss es. Es fiel ihm offensichtlich nicht leicht, die richtigen Worte zu finden. Schließlich rückte er mit seinem Anliegen raus: „Wie Ihnen vielleicht schon zu Ohren gekommen ist, hat sich die Lage im Haus im letzten Jahr katastrophal verändert und wir müssen dringend Personal abbauen. Da Sie jetzt sowieso schon pensionsreif sind, dachten wir …“

Diese Aussage traf Walpurga wie ein Keulenschlag, weil sie damit ganz und gar nicht gerechnet hatte. Sie wusste im Moment beim besten Willen nicht, wie sie darauf antworten sollte. Dann, nachdem sich ihre plötzlich aufkeimende innere Erregung ein wenig gelegt hatte, sagte sie: „Offen gestanden, so weit hab' ich noch gar nicht gedacht, das kommt jetzt alles ein wenig plötzlich für mich.“

„Das sollten Sie aber unbedingt tun. Überlegen Sie sich mal, was Sie in Ihrer Freizeit alles unternehmen könnten. Sie sollten einmal in Ruhe darüber nachdenken“, redete Direktor Wegener überzeugend auf Walpurga ein.

„Wenn Sie's sagen“, konnte sich Walpurga nicht verkneifen, in ironischem Ton zu bemerken.

„Natürlich ist es Ihr gutes Recht, dagegen etwas zu unternehmen Aber“, fügte er hinzu, „versprechen Sie sich nicht allzu viel davon.“

Bedingt durch diese rücksichtslose Handlungsweise, wurde Walpurga wieder einmal vor Augen geführt, dass man manchen Leuten einfach hilflos ausgeliefert war. In den folgenden Tagen ging ihr nur noch das Thema „ins Altenteil abgeschoben“ im Kopf herum.

Die einzige Möglichkeit, die Walpurga jetzt noch blieb, war gegen diese Entscheidung Einspruch geltend zu machen; das ging aber nur in Form einer gerichtlichen Klageeinbringung. Dieses Risiko war ihr aber dann doch zu hoch.

Nachdem Walpurga am Abend ihr Leid Anton erzählt hatte, meinte er bedrückt: „I weiß a net, was man da machen soll. Und musst du damit einverstanden sein, Walpurga?“ „Lass gut sein, Anton. Es bleibt mir wohl nix anderes über, als mi damit abzufinden“, seufzte sie. „Und glaub' mir, je eher ich's hinter mir hab', umso besser.“ Walpurga musste daran denken, wie sie erst mal ihr kleines Büro bezogen hatte. Sie erinnerte sich, wie sie das erste Mal mit Ausländern zu tun hatte und sich an deren Sprache erst gewöhnen musste. Das war genau vierzehn Jahre her. Sie hatte Mühe, die Tränen, die ihr im Hals saßen, zu verbeißen.

Dann kam der endgültige Abschied. Walpurga gab sich Mühe sich zu beherrschen. „Danke", sagte sie, nachdem ihre Kollegin Rita mit gekünsteltem Lächeln eine Karte mit verschiedenen Namen und Telefonnummern in die Hand gedrückt hatte. „Gell, wir hör'n voneinander!" „Rita, alte Heuchlerin, so unschuldig brauchst mir wirklich net zu kommen", dachte Walpurga. Sie presste die Lippen zusammen und ließ den Zettel mit den dahingekritzelten Nummern achtlos in ihrer Jackentasche verschwinden. „Da, da sehts mi bestimmt nimmer. Nie! Und anrufen werd i euch scho' gar net. I will euch alle nimmer sehn. Ganz so dumm, wie ihr denkt, bin i nämlich nicht." Lange schon hatte sie gemerkt, dass ihre Kollegin Rita eine falsche Schlange war, die sich nur durch ihr aufreizendes Gehabe und der Verbindung nach oben auf ihrem Sessel niederlassen wollte.

Nachdem sich Walpurga mit dem Lift in die Tiefgarage begeben hatte und dort in ihr geparktes Auto stieg, seufzte sie: „Das war's dann!" Während der Heimfahrt versuchte sie sich mit tränenverschleiertem Blick auf den Verkehr zu konzentrieren.

In der ersten Zeit ihrer ungewollten Pensionierung kam sich Walpurga – was sie auch tat und versuchte zu tun – ziemlich überflüssig vor. Sie war immer regelmäßige Arbeit gewohnt gewesen. Jetzt auf einmal hatte sie keine sinnvolle Aufgabe mehr. Das bisschen Haushalt war im Nu erledigt. Dann war nichts, absolut nichts.

Drei Tage später fuhr sie, mit Blumen und einer Riesenbonbonniere im Gepäck, zu ihrer Mutter aufs Land nach Kremsmünster. Walpurga fuhr durch die Straßen ihrer Heimatstadt, aber es stellten sich bei ihr gar keine heimeligen Gefühle ein. Mathilde – die in all den Jahren zerbrechlich und alt geworden war – empfing sie mit Tränen in den Augen: „Ach,

Walpurga. I bin so froh, dass du gekommen bist!“ Nachdem sich beide in der einfachen Wohnküche niedergesetzt hatten, ergriff Mathilde plötzlich die Hand ihrer Tochter.

„Was hast denn? Warum schaust mi so komisch an?“, fragte Walpurga. Mathilde betrachtete eine Weile die Blumen, die ihr Walpurga mitgebracht hatte, dann sagte sie, ohne Walpurga dabei anzuschauen: „I weiß, dass i net immer so zu dir war, wie i hätt' sein sollen. Verzeih mir!“ Walpurga starrte ihre Mutter entsetzt an. „Warum ... warum red'stn auf anmal so komisches Zeugs?“ „Na ja, i wollt's nur g'sagt haben“, murmelte Mathilde vor sich hin.

Als Walpurga ein paar Tage danach wieder ihr Auto bestieg, seufzte Mathilde und hatte Mühe, nicht loszuheulen: „Mach's gut, meine Tochter.“

Am Abend des darauffolgenden Tags bekam Walpurga die unerwartet schmerzliche Nachricht, dass ihre Mutter ins Krankenhaus gebracht worden war, dort aber nach ein paar Stunden an Herzversagen gestorben war.

In den nachfolgenden Tagen waren Walpurgas Nerven zum Zerreißen gespannt. Von Schicksalsschlägen gebeutelt, musste sie nun wieder von einem lieben Menschen Abschied nehmen. Marianne, die man verständigt hatte, ließ ausrichten, dass sie das Geschehene zwar sehr traurig mache, aber sie aufgrund einer eigenen hartnäckigen Viruserkrankung an der Beisetzung ihrer Mutter nicht teilnehmen könne. Sie versprach aber, sobald es ihr wieder besser ginge, zu kommen. (Ein paar Tage später bekam Walpurga die traurige Nachricht, dass Marianne an den Folgen der ansteckenden Krankheit gestorben war. Sie wurde einen Tag danach eingeäschert.) Demnach folgten nur Walpurga, Ana, Anton und ein paar Nachbarn dem bescheidenen Sarg von der kleinen Kirche hin zum Friedhof. Nach der Beisetzung schritt Walpurga auf den Pfarrer zu und bedankte sich für die tröstenden Worte, die er am offenen Grab gesprochen hatte.

Etwas später erfuhr Walpurga von jenem Arzt, der ihre Mutter jahrelang behandelt hatte, dass es solche Herzanfälle in jüngster Zeit bei Mathilde schon öfter gegeben hatte, besonders dann, wenn sie sich über etwas aufgeregt hatte.

Wieder zu Hause angekommen, ließ Walpurga ihr bisheriges Dasein Revue passieren. Mitten in ihrer Reise in die Vergangenheit samt allem, was sie in jener Zeit an Erfahrungen und Erlebnissen belastbarer gemacht hatte, wurde sie durch das Läuten vom Telefon hochgeschreckt.

„Hallo, Walpurga! Hast du a Ahnung, wo Anton steckt'? I hab's schon einige Male probiert, aber da geht niemand ran. Wie du mir mal erzählt hast, fährt er ab und zu nach Freilassing in die Apotheke. Jetzt wollt' i ihn frag'n, ob er was von dort braucht; weil i morgen Vormittag rüber fahr'. Aber wie g'sagt, er meldet sich net. Wenn du mi' fragst, da stimmt was net."

„Keine Ahnung, wo er steckt", meinte Walpurga nachdenklich. „Kann ja sein, dass er nur kurz weg is' und glei' wieder kommt'; oder er is mit seinem Kumpel unterwegs, dann dauert's wahrscheinlich länger." Mit wachsender Nervosität sah sie auf die Uhr. „Mein Gott", dachte Walpurga, „hoffentlich is' da wirklich nix passiert." (Walpurgas Ahnung sollte zu einer traurigen Wirklichkeit werden.)

Nachdem Anton nach Stunden immer noch nicht erreichbar war, rief man den Schlüsseldienst herbei. Der Mann, so um die dreißig, öffnete die Türe und ging hinein. Drinnen war es totenstill. Nach einer Weile kam er wieder mit zu Boden gerichtetem Blick raus.

„Na …", rief Walpurga, „sag'n S net, dass …"

Der Mann nickte mit dem Kopf. „Ja", sagte er mit ernster Miene. „Es tut mir leid."

Walpurga hatte Mühe einen hysterischen Aufschrei zu unterdrücken.

Kurz danach war der verständigte Notarzt da und diagnostizierte bei dem Toten ein plötzliches Herzversagen. (Der Tod hatte Anton während der täglichen Morgentoilette ereilt.) Danach, als der Arzt den üblichen Papierkram erledigt hatte, wollte er noch wissen, ob Verwandte da wären.

Mit zittriger Stimme sagte Walpurga: „Meines Wissens, ja. Aus einer früheren Ehe gibt es eine Tochter. Wir telefonieren zwar ab und zu miteinander, haben aber weiters keinen Kontakt."

Walpurga verbrachte die furchtbarste Nacht ihres Lebens. Wieder einmal hatte das Schicksal unbarmherzig zugeschlagen. Sie wurde in der Folge nervös und gereizt. Ihre Umgebung bekam ihre schlechten Launen andauernd deutlich zu spüren. Das Geschehene gab ihr den Rest.

In der ersten Zeit ohne Anton kam sich Walpurga sehr verloren vor. Er hatte ihrem Leben einen Sinn gegeben, das Leben lebenswert gemacht. Mit ihm konnte sie planen und etwas aufbauen, mit ihm konnte sie lachen und über alles reden. Das alles hatte jetzt ein jähes Ende gefunden.

„Was soll i jetzt machen?", fragte Walpurga Christine, als diese ein paar Tagen nach Antons Urnenbeisetzung bei ihr vorbei kam.

„Mein Gott, was soll i' dir raten, Walpurga?", überlegte die Freundin. „Meiner Meinung nach solltest du einmal irgendwohin fahren, wo du di' vielleicht a wengal verwöhnen lassen kannst; einfach raus aus der Umgebung, wo dich alles an Anton erinnert!" Nachdenklich schaute sie beim geöffneten Fenster raus. Dann wandte sie sich wieder Walpurga zu: „Hast denn gar ka Lust, einmal etwas anderes kennenzulernen als das ewige Einerlei? Was hältst von einer Kur?"

Ein gequälter Seufzer war die Antwort. Walpurga schaute Christine verzweifelt an. „Das is ja alles gut und schön, aber mir is' zurzeit wirklich net danach, irgendwohin zu fahren. I bleib am liebsten in meinen vier Wänden." Wut stieg in ihr hoch. „Dass du mi nicht verstehst, oder willst du mi net versteh'n?", fragte sie vorwurfsvoll Christine.

„Du glaubst doch net im Ernst, dass i dir des alles abkauf'." Ihr konnte Walpurga nix vormachen. Dazu kannte sie ihre Freundin zu gut. „Das passt gar net zu dir. I kenn' di net wieder", murmelte Christine nach kurzem Schweigen.

Walpurga kniff die Lippen zusammen und schlug mit der geballten Faust wütend vor sich auf die Tischplatte und sagte trocken: „Herrgott noch mal, hör endlich auf, auf mir herumzuhacken! I denk' net daran, irgendwohin zu geh'n. I kann und i mag a net. Und damit basta!"

Christine war nahe daran zu explodieren, zwang sich aber zur Ruhe. Sie warf Walpurga ein mitleidiges Lächeln zu. Wortlos betrachtete sie ihre Freundin eine Zeit lang. Dann seufzte sie: „Na ja, wenn du meinst. Anton wäre bestimmt anderer Ansicht." Sie überlegte kurz und fuhr fort: „I versteh' gar net, wie man sich so geh'n lassen kann." Leise, fast unhörbar fügte sie hinzu: „Hör mal, Walpurga: Es liegt mir wirklich fern, mich in Dinge zu mischen, die nur dich etwas angehen, aber es is schrecklich, wenn ein Mensch so – so starrsinnig is' und sich net helfen lässt. Hast' wirklich die Absicht, dei' weiteres Leben so zu vertrödeln?"

Energisch schüttelte Walpurga den Kopf. „Jetzt reicht's mir aber. Glaub, was du willst." Um einer weiteren Diskussion aus dem Weg zu gehen, stand sie auf und verschwand in die Küche. Tief innerlich war ihr jedoch bewusst, dass Christine recht hatte. Sie wusste auch, dass sie zurzeit unausstehlich war, und litt selbst darunter. Ihr war aber klar, dass jemand, der nicht selber betroffen war, sie niemals richtig verstehen könnte. Allerdings hätte sie um nichts in der Welt diese Charakterschwäche zugegeben. Als Walpurga nach einer Weile wieder mit finsterer Miene zu Christine zurückkam, meinte diese:

„Gut, wenn du es so willst – na dann, is dir wirklich net z' helfen!" Seufzend dachte sie zu sich: „Nur die Zeit kann hier noch helfen." Da sie das Thema nicht weiterspinnen wollte, verabschiedete sie sich und wünschte Walpurga alles Gute.

Es gab Momente, in denen Walpurga dachte, an ihrem Kummer zu zerbrechen. Lediglich ihre Tochter Ana hielt sie davon ab, etwas Unüberlegtes zu tun.

Das Leben ging weiter; musste weitergehen.

Ein paar Wochen später, Walpurga schaute wieder einmal trübsinnig ihre geliebten Astrosendungen im Fernseher an, als Christine vorbeikam:

„Wie fühlst di … was machst du immer?" Sie bedrängte Walpurga mit Fragen, die nur zögernd beantwortet wurden.

Nach einer Weile meinte Walpurga ärgerlich:

„Hör mal, wenn du g'kommen bist, mir wieder irgendwas aufzuschwatzen … i hab net die geringste Lust dazu. Und noch was: Über mein Tun und Lassen bin i niemand Rechenschaft schuldig; a net dir; wann begreifst das endlich."

„So ein Quatsch!", gab Christine zurück. „Natürlich kannst du tun und lassen, was du willst … niemand bestreitet deine Rechte. I geb' ja zu, dass i manchmal gedankenlos dahergeredet hab'. Tut mir ja auch leid. Trotzdem, i will mi jetzt wirklich nur mit dir unterhalten."

Walpurga überlegte einen Moment, dann meinte sie etwas ungehalten: „Von mir aus … reden wir", und sah Christine mit interesselosem Blick an.

Dann unterhielten sie sich. Vorerst redeten sie über belangloses Zeugs, bis sie sich langsam Walpurgas Vergangenheit näherten.

Walpurga erzählte in erster Linie von ihren ständigen Streitigkeiten daheim. Davon, dass sie keinen richtigen Vater hatte … davon, dass sie eigentlich keine richtige Kindheit hatte. „Anas Krankheit … Antons Tod … all das macht mich sehr verletzbar." Ihre Augen wurden immer trauriger, als sie sagte: „Sicher bin i a deshalb selbst krank g'worden." Nach der Schilderung seufzte Walpurga tief und ihre Augen füllten sich mit Tränen. „Warum geht das Schicksal gerad' mit mir so grausam um? Für mi' gibt's scheinbar keine Zukunft mehr. Die Schmerzen in meiner Seele werden immer unerträglicher." Walpurga ließ den Kopf sinken.

„Ach komm, sei net so. Du warst doch immer eine Frau, die hart im Nehmen is'. Tut mir a leid, wenn i di irgendwie gekränkt hab'", rief Christine. Doch sie wusste selbst, dass ihrer Stimme die nötige Überzeugungskraft fehlte.

„Lass nur. Ich weiß, dass mir zurzeit jeglicher Sinn fürs Leben verloren gegangen is'. I kann mi a gar net daran erinnern, wann mir zuletzt irgendwas mühelos von der Hand gegangen is'."

Christine hörte zu und argumentierte, ohne verletzend zu werden, nicht dagegen. „Wenn du so weitermachst, seh i schwarz für di", dachte sie zu sich. Sie hatte für Walpurgas Kummer volles Verständnis. Da war das Nichtmehrgebrauchtwerden … da war Antons Tod … die selbst auferlegte Vereinsamung … das alles machte ihre Freundin einfach nervös und unausgeglichen.

Nachdem sie eine Weile nachdenklich vor sich hin gestarrt hatte, stand sie auf und sagte: „I muss jetzt wieder geh'n. I bin sowieso länger geblieb'n, als i eigentlich vorhatt'!"

Als Christine gegangen war, tat es Walpurga leid, dass sie so grantig zu ihr gewesen war.

In der darauffolgenden Zeit war Walpurga nicht nur äußerlich arg gealtert, sondern auch interesselos und übellaunig geworden. Es kostete sie eine ungeheure Überwindung, hin und wieder ihren Postkasten, der im Erdgeschoss vom Wohnhaus platziert war, zu leeren.

Von Tag zu Tag wurde es Walpurga schwerer, ihre Umgebung zu ertragen. Alle Leute, mit denen sie zu tun hatte, waren ihr plötzlich unerträglich und widerwärtig. Das Schicksal hatte die Weichen gestellt.

Diese seelische Verwirrung, die Walpurga so plötzlich befallen hatte, erweiterte sich immer mehr. Jeder Schwung, alle Energie hatte sie verlassen. Wer sie sah, hätte kaum mehr die Walpurga von früher erkannt. Sie hatte das Lachen total verlernt und war nicht sehr mitteilsam, wenn sie nach vergangenen Zeiten gefragt wurde.

Es wurde besser, wenn Ana vorbeikam. Da nahm sie sich zusammen, und verbarg ihre Niedergeschlagenheit so gut sie konnte.

Dann kam der Augenblick, an dem sie es nicht mehr ertragen konnte, ständig mit gut gemeinten Ratschlägen wie „Tu dies, tu das" konfrontiert zu werden.

In diesen Augenblicken, aus psychischer Sicht am absoluten Tiefpunkt angelangt, setzte sich Walpurga immer intensiver mit dem Tod und dem Leben danach auseinander. Sie war fest überzeugt, dass Anton bereits irgendwo im Jenseits auf sie warten würde. Der Gedanke an ein weiteres Leben ohne ihn war für sie kaum noch zu ertragen.

Auch an diesem Tag, Ende März 2012, war Walpurga wie in letzter Zeit immer öfter von Medikamenten stark umnebelt. Sie warf sich in ihrem unaufgeräumten Wohnzimmer auf die Couch und schloss die Augen. Schlafen … nur schlafen!, dachte sie.

Doch mit geschlossenen Augen sah sie noch deutlicher Antons Gesicht vor sich. Plötzlich, wie von einer fremden Hand geführt, bekreuzigte sie sich. Einmal, zweimal … Diese Geste rief in ihrer Seele Erinnerungen aus ihrer lange vergangenen Mädchen- und Kinderzeit wach. An ihr schweres Leben, an die Grausamkeit ihres Stiefvaters, an die Ungerechtigkeit ihrer Mutter, an die Boshaftigkeit und Heuchelei ihrer Halbschwester Marianne …

„Ich will Liebe, aber die ist nimmer da. Alles ist zu Ende“, seufzte Walpurga vor sich hin. Diese Gedanken plagten und quälten sie entsetzlich. „Das alles muss aufhör'n! Aber wie?“

Da fiel ihr auf einmal das Fläschchen Beruhigungstropfen ein. Jene Tropfen, die ihr seinerzeit die Neurologin verschrieben hatte und die seither irgendwo in einer ihrer mit Krimskrams vollgestopften Schubladen lag. Sie musste darüber nachdenken, was wäre, wenn sie jetzt den Inhalt des Fläschchens austrinken würde?

Diese Gedanken beschäftigten sie so sehr, dass sie die Türglocke zunächst gar nicht hörte. Erst als das Läuten und Klopfen immer heftiger wurden, verflüchtigte sich der Nebel, der auf ihrer Seele lag. Selbstvergessen schleppte sie sich zum Wohnungseingang und spähte durch den Spion. Draußen stand ihre Nachbarin, die ihr seinerzeit wegen der Medikamente gute Ratschläge gegeben hatte …

„Ja … was gibt's denn?“, fragte sie und öffnete die Tür einen Spalt.

„Nichts Besonderes. I wollt' nur fragen, ob i etwas aus der Stadt mitbringen soll.“

Walpurga, die zunächst nicht so recht wusste, was sie sagen sollte, wollte nicht unhöflich sein und murmelte nach ein paar Denksekunden:

„Was meinen S?“, fragte sie und strich sich das verwirrte Haar aus der Stirn. Frau Ertl wiederholte ihre Frage. „I brauch' momentan nix, i … i fühl mi zurzeit a gar net so wohl!“, sagte Walpurga ohne besonderes Interesse und schloss die Tür.

Als Frau Ertl nachdenklich in ihre Wohnung zurückging, hatte sie ein ungutes Gefühl, ein Gefühl, dass jeden Moment etwas Furchtbares passieren würde.

Das sonderbare Verhalten von Walpurga ließ ihr einfach keine Ruhe und sie suchte schusselig in ihrer Handtasche nach dem Zettel mit der Telefonnummer von Ana, die sie sich kürzlich für einen Notfall aufgeschrieben hatte. Frau Ertl war erleichtert, als sich Ana nach mehrmaligem Läuten endlich meldete und ohne lang zu überlegen versprach, gleich vorbeizukommen.

„Da sind S ja endlich“, sagte Frau Ertl, nachdem sie ruhelos im Treppenhaus auf und ab gewieselt war, zu Ana. Hastig wechselte sie auf der Treppe ein paar Worte mit ihr, dann eilte Ana mit raschen Schritten weiter nach oben und läutete Sturm an der Wohnungstür ihrer Mutter.

„Ich würd' mich nicht wundern, wenn sie sich was angetan hat; so wie sie drauf war“, sagte Frau Ertl nachdenklich zu Ana. (Beunruhigt war sie der jungen Frau gefolgt.)

Als sich Walpurga nach mehrmaligem Läuten nicht gemeldet hatte, kramte Ana in ihrer Handtasche nach ihrem Schlüsselbund, an dem der Reserveschlüssel von der Wohnung ihrer Mutter angebracht war.

Nachdem sie mit zittriger Hand endlich die Türe geöffnet hatte, sah sie, dass die Vorhänge zugezogen waren. Eigentlich war daran nichts Ungewöhnliches, weil das Walpurga in letzter Zeit tagsüber öfter tat, wenn sie ungestört schlafen wollte. Aber dieses Mal spürte Ana sofort, dass irgendwas anders war; etwas Schreckliches passiert war. Ihre Gedanken rasten wild durcheinander. Eine ganze Weile starrte sie auf ihre auf dem Bett liegende Mutter. „Mama!“, flüsterte sie. „Mama, wach auf“, wiederholte sie mit weinerlicher Stimme so laut, dass man es bis ins Treppenhau hören konnte. Aber sie erhielt keine Antwort.

Der herbeigerufene Arzt stellte wie einst bei Anton „Tod durch Herzversagen“ fest.

„Also doch … wie ich 's geahnt hab'“, flüsterte Frau Ziegler und umarmte Ana tröstend. Nachdem sie Walpurga bekreuzigt hatte, meinte sie noch beiläufig: „Jetzt is' bei ihrem Anton … wie sie's immer haben wollte; jetzt hat s' ihren Frieden!“

Die Autorin

Sieglinde Niedermayr, geboren 1945 in Wels, arbeitete als zahnärztliche Assistentin. Seit 1965 ist sie verheiratet und Mutter zweier Töchter, von denen eine 2002 verstarb.
Nach dem Tod ihrer Tochter Elke absolvierte sie ein Belletristik-Fernstudium und veröffentlichte bisher „Auch Engel können zickig sein … Eine Erinnerung" sowie „Großvaters g'spaßige G'schichtn. Zwölf anekdotische Erzählungen", beide im Verlag Denkmayr, sowie „Zum Teufel mit der Einsamkeit" im novum Verlag.